阿久津てつし

歌集

永遠に愛す　―白聖愛夢―

文化科学高等研究院出版局

併録詩集
第壱　白聖愛夢
第弐　白聖愛 時崩哀詩
第参　白聖愛 覚醒死詩

知の新書
J11

永遠に
愛する＊＊へ

最愛の情動は、生きる成就の不可能におかれている。
詩は愛の不可能を破れない。
主語制一人称の限界空転を超えられないからだ。
ランボウは、Je において be 動詞を三人称にした。
しかも主語制の仮構現実は、死の誘惑をただまねきいれる。
和歌の述語界に切り替えて、生きる路を開けないかと、
その述語閾への挑戦を初めたが………。
情動の蠢きを発見すべく、描ききれない言葉のもどかしさに、
完全な永遠愛の、現実界における不可能へむきあって――
初めて和歌を紡いでみる………
定型音数は、剰余生を剥ぎ削いで純化し、
述語的な真制心を静穏させてくれる
泪澄し――ものかたり歌………

歌集

永遠に愛す

―白聖愛夢―

二〇一九年七月二日

聖諦の森から、〈もの〉の語りです。詩を捨て、和歌へしばし生きる、と。

「ん」からはじまる。喉ぼとけの上を通過する空気が声帯で有声化されただけの音から、言語の陰画をまねいて、母音の波を捉えながら、そこに子音を陽画に重ねていく、綴りです。

情景自然、天然の発する音を聴きとる徴候と、前言語段階の情緒・心性を重ねる、そこからの発語。初源への回帰………前古代の幻想景色。

理性と知性の間にひそむ感覚、情緒からの表出をもとめて

2019.7.18

うーーん。やはり、情緒の様態を理論対象化してしまうか、詩へととんでしまう。四〇年の「たたかい」は、思った以上に強い意志をautonomyしている。

2019.7.18

短文表現は、まだ喪失をしか意味しない。俳句でもってそこはしかし、突き抜けられない。短歌的世界が要されるのかも

そこでまず初句を――

2019.7.18

こころなし　ゆれぬおもいにさまよいて
なみだしずくの沈丁花

こころなし　ゆれぬおもいにさまよいて
なみだしずくのカレル橋

と対にならないと、叙情と叙景が構成されない。そこで………

2019.7.19

……といろいろねってみても　ただ遠のくばかり。短歌もやはり、言葉が非分離。そこで定型だけのこして、ただ文にしてみる………

てのひらに　ぬくもるはだのゆめうつつ
　　さするおもいの　とどかぬさみしさ

エロス覚の性愛的emotionは、世間の男女関係とまったく異なる乳児期の、知らない記憶の原表出。。。。。の想幻対………

2019.7.19

朝靄に　悲鳴く小鳥の　名も知らず
おもい果てつる遠き幻

2019.8.16

短歌の定型による規制があって、言葉の情緒が言語外へ表出する。やっと賀茂真淵がわかり、かつ宣長と断裂したことが実感でわかった。真淵の天地における自制、宣長のもののあはれへの放散。それを冷ややかにみる徂徠、そしてわあわあと宣長に噛み付いた上田秋成。我は成章の道を行く。淇園がいないまま……

夏嵐　揺れる木の葉の　雨に舞う

なみだしたたる　かみのしろくさ

2019.8.18

漢語と和語の相反。漢語から理性を抜いてみる、像だけが残るように。和語は、情緒からどこへいきうるか。

古今から万葉へもどる旅。

2019.8.23

狂わ蝉　さわぐおわりの　この世界
　肩揉む指の　さみしき慕情

2019.9.1

こころのたがいを　かんがえの「違い」と分離する「互い」の非分離の喪失に　愛の非在を感取した　悲しさの「たがい」は　さらなるたがいの深みへと　めぐって　愛の希望に　なるのか……が万葉から古今への歌謡心性（柳田國男の「歌と国語」を読んで）〈たがい〉に仕事の地盤があるのだが………

たがいなす　雲のながれの　裂き雨に
ちぢむ小鳥の　愛《いと》うさやなき

たがいなす　木枝のさきの　緑葉に
かわす水露に　想い月宵

2019.9.6

長き身に　愛《いと》しくうずく　世のいたみ
かわす言の葉　清み舞うぬくもり

2019.9.6

さみしさも　いまひとしおの　秋の風

なみたのいろを　まとふ藍染め

2019.9.6

わすれなき　思うこころの　夢路逢う
夏蝉きえても　君や恋しき

添うといふ　燃える炎の　かたき声
すがらに夢に　涙を見つつ

2019.9.21

あいおひの　添いとげたまう月枕
　白き肌もに　濡れる涙夢
逢い添いし　さそふ鳴き尾の枯れる橋
　心恋しき　目前《まさか》しよかば

歌の凄さは、両義性を一語にこめ表出する。「相生い」は「相老い」、ともに生まれともに老いる、「あい添い」は一時に「逢う」と長く「相添う」互いに「合う」こと、「誘う」は「さ添う」、「鳴き」は「泣き」「無き」「凪」…万葉と古今の間を渉猟する心幻の羇旅。これを懸詞としたとき、表出は削がれる

2019.9.21

添い寝なき　月夢の窓の　うつせみに
かわす言の葉　ふさぎて愛し

ここまで技巧すると新古今へ近づく

2019.10.3

夕暮れに　かすむ和みの　ぬくもりを
かかえてはしる　雁の遠鳴き

2019.10.17

もみじ葉に　京へ旅立つ　長き身の
おもいかたきも　憂いに濡れぬ

愛の水　ながれてはてぬ　いにしへの
かわすまにまに　まどろむまこころ

2019.11.6

秋の風　空色晴れる　しじまの実
なせし書の言《こと》　世をゆるがさむ

2019.11.18

秋の湯に　うつる緑にあかねさす
ひさし抱きに　あたたかき音《ね》を

二〇二〇年

2020.2.18

夢かすむ　花の音さみしく　君が身の
いずこにありや　京笛の恋え

2020.3.22

いろごのみとは「もののけ」に対する威力。対愛が共同的な霊に対峙する。「いろ」は「もの」に対峙することか？「音色」という、「物音」という。歌謡に「色」と「音」をくみこむ。

2020.3.20

歌謡は実際に自分で創意しないかぎり了解しえないことが創作してみてわかった。これは日本心性を了解する上で不可欠である。緒口にやっとついた。古今と新古今の間で、動き続けてみる。ふっと湧いてくるが、主観ではない。だが万葉と古今の間ではない。その意味もいずれ見出せよう。

2020.3.20

古今の恋歌にとどく心性を探っている。新古今の作為ではない可能表出だ。いろんな女性（絵画や映画や歴史人物など含む）を想定して、小景や物をきっかけにして〈もの〉の場所を見出すために——と嘯く。
これは自分の歌だと感じられる次元にまで至りうるよう。俳句は心を背景に隠してしまう。歌謡はそうではない。

懸詞がキイになる。前句、「京笛の音」としてしまうより、音は「花」の方へ送り、「こえ」として「声」「超え」「乞え」「踰え」を懸にそこへ「恋え」と漢字で伏せる。幻像とリアルさとの境界をなくすため。「京」を置くと神社と杜が竹林とともに像化される。

反転して、女の心から男を歌う作為をせねばならない。そうしないと、恋歌のいろごのみにいたれない。

紫式部が、男の歌を表出しえているように。

2020.3.22

桜花　ふぶく風音《かぜね》に　色ゆらし
たけき想いに　うえましものを

月音に　霞む桜の　なみだいろ
いとしなが袖　とわにまとわむ

2020.4.27

桜散り
青葉の繁みに　吹く笛の
ふるさと思いし
川面の風色

「時鳥鳴くや五月のあやめ草あやめも知らぬ恋もするかな」は古今集の読み人知らずの歌。序詞の典型とされる。上句全体だ。しかし、どう見ても形式表現だけの表出ではない。叙景上句と叙情下句は同じことを言う万葉表出の延長にある。述語的叙景と述語的叙情だ。「客観」を設定するから序詞と形式化する。

そこで、本歌とりをもって、

ほととぎす鳴くや木霊のみどり葉に　真笛《まこふえ》うぶく魂《たま》の恋

あやめ＝あやまちを抜いて、「みどり」に「身盗る」「うぶく」、こだま・たま＝たまたま／たまるなど縁語をかけた。まこには「まこと」もかけている。

2020.6.4

技巧は、古今、新古今と過剰化していくが、叙情自体の形式化にいたり歌謡は疲弊していくも、連歌、俳句へと完結化され、韻数律は、述語形式として残滓する。宣長などの歌がいいとは思えないが、子規において復活する。だが、技巧だ。

2020.8.15

幻の水もに響く　笛の香に
君し想うは　しなやかな白

赤橙の　記憶にきざみし 君が身の
堅きこころに　永遠の抱擁

2020.11.21　浜の都橋河沿いにて京鴨をこうて

あゆみつつ　はてぬ愛の芽　秋風に
もたれしこうべ　抱く君が身

京鴨に　よろこぶ声の　愛しさに
かさねる手はだの　秋の一夢

君したう　とわの流れの　想深き
覚ゆるこころの　燃し秋の夜

2020.11.22

ちゃらちゃらへ　笑うやさしき　藍の手の
久し　ぬくもり
愛の頬

おもうとき　忘れぬ白き　細指の
からむたしかな
慕う　ぬくまり

拾遺歌 1　大三輪詣を懐いて

神にきけ
わが愛の　真《まこと》なる
古道にしみこむ
なが　ぬくもり

古への
大神に誓いし
媛への恋《おも》い
口にださねど
願いとどかむ

神山に
祈りしわが恋
永遠なれと
隣りにて知らぬ
君　愛《いと》しなれ

2020.11.24　ひとり月あかりの下にて

笛響く
　秋の月下の　枯れすすき
　　なびく寒風
　　　隠《こも》る露愛

2020.11.24

後撰和歌集、拾遺和歌集になると歌が浅い。古今の完成とされるがそうは思えない。そこに対抗するように表出してみた。感覚をうつつと幽との境界をなくすようにする難しさだ。助辞が決定的だとわかる。

2020.11.24

秋雨に

哀しさまよふ　花すすき
色や変わらじ
おもひ
積みつる

拾遺歌 2

パリのセーヌ沿いに

パリ憩う
愛する君の　微笑あまく
こころに 誓いし
永遠の愛よ

愛の水
ながれてはてぬ
いにしへの
かわすまにまに
まどろむ　まこころ

愛鍵に　見守られしや
かよいあふ
セーヌ想幻　愛の真

2020.11.27　皇居堀の道を帰りつつ

かえりみち　おててつないで　田園の
わらべの蜻蛉　乙女の愛

御堀端　いだくなが身の　不思議さに
くれないこころの
燃ゆる宵

2020.11.28

ともにゆく　世界のはての
夢すみか
からめる指の
永遠《とわ》の　ぬくもり

拾遺歌 3

サンジェルマンのドレスを纏いし
美しき
至高のソフィア
君ひとつ
われ抱きてこそ
生きよ 永遠愛

プラハを去る
白きほほ
ふれたくちびる
愛しさに
強まる想いを
知る 別れさみし

二〇二一年

2021.4.11

笛響く　桜の鳥に　舞うみそら
たゆたうわが身の　澄みし真意志《まごころ》

音もとめ　こころとめての　朧ろ月
想ふさだめの　からむ指　やわし

2021.5.27

月隠れ　赤き翳りの　内に鳴く
想いの遠き　夏の焦がれ

2021.6.5

緑鳴く　鳥笛鳴くや　雨あがり
白きなが君　逢うせの夢み

2021.6.25

夏雨に　ひかる紫陽花
かなしげに
ひとり想いし
響く笛かな

2021.6.25

思うがままに歌作りしてきたが、中世の手爾波大概抄を読んでいたなら、すべて静述辞の意味表出作用を説いている。かな、や、こそ、ぞ、などだ。義憤抄など、基本四十ぐらいまでになる。完全に忘却させられているのが、わかった。これを、しばし、自覚してやってみる。現代人の述辞忘却は、いつのまにかだ

2021.7.2

長雨に　やわらかき口　花の愛
想ふまごころ　からむ指こそ

手のひらに　あてしくちびる　しとやかに
かわす思いの　澄みしかな

夢いだく　かたい思いの
頬つつむ　わが手のぬくもり
夜に舞う

2021.7.5

思い深く　あけぬ月夜の　長雨に
なくや竹笛　逢瀬の指に

さしだす手　重ねてうけし　飴玉を
頬にふれるや
あまきひととき

2021.7.6

夏草の　しずくにひそむ　哀しさは
　月にひかりし　永遠の慕いそ

泥まみれ　さがす命の　哀しさに
　流れし暮らしの　ぬくもりかぐ犬……愛し

吹きこんで　おもいとどかぬ　かすみ雲
　果てししじまに　かれる空蝉

2021.7.6

なが口に　ふれし愛路の
和らぎを
いかに逢瀬の
生くや死ぬるや

2021.7.9

君愛し
永遠に誓いし　こころの彩
逢えぬ月雲
泪のひかり

2021.8.4

もの狂う　世の黒雲が　おおうとも　笛吹く風の　無我の愛夢

2021.9.23

十五夜の　あかりに浮かぶ　なが姿
白き想いの
永遠のぬくもり

望月に　響く笛音《ね》の　澄みし指
つたう涙の
真の思いとぞ

2021.11.4

君なき時　空《くう》に消えゆく　愛の笛
　流れてつもる　変わらぬ想い

逢いたしと　思えど時なし　なが世界
　待つときさびし　秋映え紅葉

ものかなし　くれない秋の　つめたさに
　いとあたたかき　陽射しの細指

2021.11.6

永遠《とわ》という
命限りの
虚しさに
逢えぬ想いの
哀しき夢とぞ

2021.11.27

半月の望月遠き　かなしさに
　さみしく響く　秋の篠笛

近ければ　遠きこころの　君白く
　やさしくにぎる　手のちからこそ

2021.11.27

重ね指　細きすきまに　秋風の
ゆくへも知らぬ　涙の想い

重ねしも　重ならぬかな　くちびるの
笛哭く息吹を　うばう秋の夜

2021.11.29

やわらかき　指のにぎるや　つよさには
かたれぬこころの
真愛なるもの
笛の指　奏でる幻　やすらぎの
君にこもりし
孤《ひと》りわれかな

2021.12.2

やわらかき　くちびるに重ねし
真愛の　Let me live　の響きに
風たつ君を

やわらかき　ながくちびるに
風の舞う
永遠《とわ》の愛こそ
薫る秋月

二〇二二年

2022.1.7

初雪の
はざまに舞うや
白き愛 永遠《とわ》に誓いし
うつつのまなこ

2022.1.7

永遠を問う
永遠の哀しみ　永遠の夢
永遠に消えゆく
永遠の白雪

にぎりあう　指の力の　ぬくもりを
なごむひととき
春に咲くかや

2022.1.7

初詣　独り祈りし　若水の
　永遠の愛
なつかし想うは　カレル橋

初春の　雪に奏でし　ショスタコーヴィチ
激しき想いぞ　5番（レボリューション）の響き

2022.9.2

悲しみに
泣く虫ひびく
暗き闇
あいたき思い
とどかぬ秋かな

2022.9.28

逢いみても　われ亡き夜の　さみしさに
　ながゆびつかむ　愛するわが腕

われいずこ
　君したふ永遠
虚空《みそら》まぼろし　秋雨に
物部みちびく　いにしへの天降り

2022.9.28

ただ指を
　からませ交わす
永遠の愛
　裂ける世界を
いきよ果てまで

2022.10.14　熊野にて京にいる人を想いつつ共に訪ねし大三輪を懐む

熊野時雨　雲たつかなた　京にある　笛にて憶う　大三輪のとき

二〇二三年

2023.3.16　都会の夜に

階段で別れの手を振る　ぬくもりを
　　重ねた指間の　朧月かな

朧月　固き想いの　声調べ　愛しさ永遠に　まどろむ一刻

送れずに　たたずむ宵の街灯り
　　手をふる君の　触れし細指

2023.4.14

なが細くやわらかき指
　握れば返す　あたたかき　愛のやさしさかな

白きほほ　ふれたくちびる　愛しさに
　強まる想いを　知る別れさみし

くりかえす　別れを包む抱擁を
　超えて夜鳴く鶯の　涙ちる夢　君恋し

2023.4.19　奥深き谷間の田園にて　少年時を想う

抱きもせず　別れるさみしさ　竹藪に
残す愛しさ　震えるこころ

われ少年　雨戸に消える　白き手を
掴みて　空に舞う愛ひとつ

谷間を走る少年を
　やさしく包む葉緑の
涙に君恋う　老いの悲しさ

最後に愛するなが君は
　少年時の初恋人
白き夢紡ぐ
木漏れ日の笛音

2023.4.19　田園からの帰路に

「愛してる」「わかってる」
　春緑の陽の光
触れる肩に　永遠の微笑み

一つ愛
　とどきてとどかぬ　春の夕
　　ささやく樹葉の
少年の夢幻

2023.4.19

情感が音数率をはみだして、破格に漂うとき、何が蠢いているのか　いとをかしさみし
悲し　想いあふれる　言の葉の定格……

ともに歩きし　夕あかり　奥から叫ぶ「愛してる」に　即こたえし「わかってる」　そ
のやさしき微笑　愛し　深し　最愛の君

最後に強く愛する人は　少年の時にたしかに愛した人 生まれてもいない　自然胎内
で　すでに出逢った 春の緑に　そっと佇み　やさしい声で　わかっていると ほほえみ
花畑に消えゆき　いま老いたる我の指をやわらかく重ね返して傍にいる　美しい白い
人、、、、記憶想幻……まぼろしのうつつ

2023.4.19

野を翔る
少年の見し
白き女《ひと》
老いてであいし
愛しみあふる

2023.4.21

陽光に
君雀《きみがら》翔る　霧氷の森
老いたる長樹《ながき》に　憩い和めや

竹を蹴る　緑に響く　夢ひらけ
汝《な》ねが意つつみ
疾走《かけ》る最後時

2023.4.25

愛の愛
無限と限りに　裂かれども
死の彼方へと
飛ぶ想い無二

2023.4.26

愛存在　永遠《とわ》と瞬間　無限と限界　相反にしのび寄る　あわれかな
哲学的歌謡は可能なのか？　しばし試む………

2023.4.26

愛想幻　うつつにもまれ　疎外さる
なれどこころは　孤独に耐えぬ

2023.4.26

真の愛　存在条件もとめども
　　虚空に散らされ　対象a消ゆ

近づけば　遠のき冷し　場所のない
　　倫理を超えて　ただ愛すかな

述語愛　可能を引き裂き　空に舞う
　　現実界を　恨む哀しさ

2023.4.26

なが肌に　触れてまどろむ　非分離の
　想いにとどく　気の流れなり

愛なり　愛あり　完了の「り」、
　有り居りこえて　無に愛す

愛いずこ　絶対無の果て　ちぢこまる
　とどかぬエロスの　述語包摂

2023.4.26

過剰さに　剰余享楽　君ひとつ
　トーラスに漂う　さみしき日々

愛資本　対の場所を　作られず
　くやしき外在へ　転移をなさむ

「愛してる」　パロール虚しく　文字をなす
　沈黙固む　君髪の薫り

2023.4.26

愛の真　対象aに吸いこまれ
非場所の感覚《サンス》に　握りあう手指

2023.4.28

少し分かったこと。哲学用語・概念は翻訳語のため、音数が多く音数率を壊す。つまり言葉として未熟、不備。しかし情緒界は知的界を包みうることも再確認。和語は相反性を内在し得ているゆえ豊か。例「さわり」。哲学は別語、過剰になる。

2023.4.28

触れる肌　癒しをこめて　気をやわむ
静かに眠る
愛のさわりや

夢ひとつ　なれど叶わぬ　想いの香
愛のさわりに
うつつくちおし

2023.5.5

緑萌ゆ
対想幻に　なれぬ時季《とき》
ひとり泣き濡れ
なに戯れむ

2023.7.2　雨の夜のコンサート

歌姫に
　ふるえる雨の
　　さみしさを
抱きてにぎる　指のぬくもり

咳に病む
　君を抱きて　舞う虚空
世界の涯てに　和を築きゆく

2023.7.2

握りあう
五つ指には
愛の気が
流れてつもる
永遠の人

二〇二四年

2024.2.29

鎮まりし　こころ燃えたつ　朧月夜
なめらか肌に
おもいみだるる

ひさびさの　こころ和みし　春の宵
君が指まに　乱れし想い

2024.2.29

春の風
霞む月夜の　わが想い
とどかぬ血汐の
哀し
みだるる

2024.4.3

雨桜　濡れし花弁に　涙落ち
逢う瀬幻
遠き憶いを

雨に咲く　桜かおりの　一輪に
こめし憶いは
蜜に溶けゆく

2024.6.19 「また君に恋してる」を永遠ひとに笛奏して

笛音に　涙ふるえる　澄みこころ
抱きてゆれる
うすき花びら

夏空に　こだます笛音の　純龍を
涙につつむ
ながやさしさよ

2024.6.19　「また君に恋してる」を永遠ひとに笛奏して

ふとみると
　涙に震える　顔愛し
とどきし笛音
　うれしき悲し

曲がり笛
奏でる恋歌　そよ風に
舞いてふれあう　白きくちびる

2024.6.19

愛ふかく

川面にそよぐ　風の音

靡くこころを　いかに待たねど

かく純な　おのこの心

鳴く笛に

消えぬ余韻を

静かに秘めむ

2024.6.19

脇に添う
　ながしろかいな白腕の　柔らかき
やさしさ深く
　想い淋しき

柔らかき　頬にふれつつ　この老い手
消えゆく若さの
　口惜しきや

2024.6.19

くりかえし　にぎり合うまま　すぎてゆく
いとしい指の　白く細きや

翁花　笛にゆれてそ　純に咲く
たぎりし想いに
涙あふるる

拾遺歌 4

和みゆく
笑顔の君の
まなこには
慕い　映りし
わが想いかな

幻の
水もに響く
笛の香に
君を想うは
永遠の
抱擁

2024.6.20

笛響く
永遠《とわ》の純想《おも》いに　われしらず
涙のみこそ
あふれながるれ

2024.6.20

古今も新古今も「恋歌」が圧倒的。古今は自然風物に託し、新古今は人為的な自然関係。ともに、物あはれの忍ぶ思い（現実界の不可能）を歌う。そこを「笛」に置くと幻影が動く。近代は作者と記述が一致するとされるが、古典歌謡は想像界。実際らしく見せる。夢とうつつの非分離、作ってみればわかる。

2024.6.23

涙河　梅雨に流れし　わが想い
　たぎつつしとう
　　紫陽花の色

・

君抱き　生きると思えば　死ぬるなり
　逢ふは名残りの　袖のけしきは

2024.6.23

右衛門督通具の歌

　わが恋は逢ふをかぎりの頼みだにゆくゑも知らぬ空のうき雲

新古今には熱情のあはれがある。

その本歌、古今は

　わが恋はゆくへも知らずはてもなし逢ふをかぎりと思ふばかりぞ（凡河内躬恒）

と淡い。新古今は、対象が述語配置され、情感が誇張される。

2024.7.5

そこで、一句。

わが恋は　想いの果てを　真笛の　愛をかぎりに　涙に抱かれ

2024.7.5　帰路を憶て

くちびる細く　優しさの
ぬくもり甲に　のこるまま
恋しき君を　つつむ愛笛

手を握り　指からませて　永遠の時
静かに浴びる　夏の光や

2024.7.5

和みゆく
笑顔の君の　まなこには
慕いうつりし　森の夏湯や

2024.7.8

鳴く笛の
音も聞こえぬ　奥山の
麗深《ふか》き愛をや
射ぬく鷹の眼

蕭白

2024.7.24

ひさびさの　うたげに酔いし　夏雨の
　ながき美しさに　つのりし想いか

かわす手の
　別れにかよふ　親愛の
祈りをこめし　古道のかよいじ

2024.7.26

想いこめ
祈れどどどかぬ
夏月の
死にて出逢うか
なが愛ごころ

2024.7.26

われ老いて
成せぬ限りの
波の果て
死してであえし
まことの愛か

2024.8.30

愛すれど
とどかぬ想い　波の果て
漕ぎし小舟は
嵐に沈みし

死の幻野

ひとり佇む　無の思い
ゆくへも知らず　翔ぶ虚空かな

夢にみし　愛の小部屋の　蒼白く
霞に消えゆく
泪枯れはて

落人の　椎葉の鈴の音　鳴らすとも
水くむ乙女　来やらずさみし

（稗搗節より）

果てなほ
想いあふるる　十六夜の
露に煌めく
愛のひとすじ

2024.9.9

三日月の
　涙にゆれる　ひとり寝に
想いはててか
　死の原 さみし

われひとり
乞えど　とどかぬ　白蜻蛉

世に生まれしを
くやめど　翔べず…………
野に朽ちるかな

終歌　渡良瀬川想幻の白き永遠《とわ》女《ひと》を懐いて

くりかえす
見はてぬ夢に
鳴る笛の
瑠璃いろ清く
瀬に流れしや

胚胎の詩界幻

和歌へ移動したのは、詩にはどうにもならぬ限界を覚えたからであった。愛の聖性は詩の聖性におさまりえない。

詩表出で美的に追究しても、剥奪的にめめしくなっていく心的瓦解は、欲望グラフのあちこちのベクトル情動作用を、欲動シニフィアンがあちへ行ったりこっちへ行ったりと逡巡しているからである。元の S(Ⱥ) で遡及的要求の起源で否定されているため、詩の想幻をいくら書き換えても、転換の力は喪失されたままにある。

だが最も愛することを初めて知ることで、他なるものを書き換え、最愛の居場所のない虚空を、和歌なら探してくれるかもと、一八二六日に渡って出会うたびに書き続けたのが第1部であった。

その胚胎のもとになったのが第II部この三つの不完全な詩集。想幻が想像的エゴの遡及世界で呻吟しているが、超越性を拒否した真制の声であり情動である。対関係が成立しないと愛する対象にとっては迷惑千万の空転になっていくゆえ、夢想の世界へ物語ること。その分、想幻的な享楽が、情愛の疎外構造へ近づくために、吐き出された剰余の真なることばとして——白が回帰する超事象の聖愛、夢うつつに彷徨うことがなせよう……

第壱詩集

白聖愛夢

白聖愛夢一

渡良瀬想幻

男は　蒼い渓流の大岩に立ち
美しい媛が　枯れ坂を危うそうに降りる姿に
駆け寄り　その幼な子を抱え　転がり
運命の夕秋
秘めていた　思いを時輪に反転させ
アフェクシオンの燦きに
媛への想いを爆破させた
男の差しだす手に　媛は　ふと　戸惑うも
身をゆだね　男はその手をぐいとたぐりよせ
媛をひきよせた
　　　　　　　　その一瞬！
はじめて触れる　白いしなやかな指のエロスに
男は　潜みし七億光年の閃光に　撃たれ
ときめく遠き初発の憶いを　甦らせ
真っ白な雪のぬくもりのなかにもぐって
男は　そのやさしいくちびるに指をふれる
幻想にまどろむ ——。

渓流の神の　電流に
物さびしく　男は
　　　　　　媛に
白い愛の記憶を　祈った。
　媛は　戯れる幼な子たちの声に
いまにも泣きくずれそうな
　寂しい哀しい眼を
　渓流の枯れもみじに　たゆたふ ——。
それを傍で見つめる　男は
内に湧きだす
媛を強くだき抱えつつみ
　その悲しさの寂哀《こどく》を溶かしてあげたい
　激しい衝動を抑え
大丈夫の士の道をいく
心の壁がくずれる予感にふるえる

　渓流のなかから　白い鷺が　飛翔し
蒼い波粒に　嘴づける

男は　美媛をつよく　つよく想い
そっと肩を抱きよせる〈とき〉への
　かたい決意を
　胸のうちに
その一瞬に　くだした——。
——おお　媛を愛していたのだ！　と
遠い日の　初めて出会ったたしかさを
ゆっくり　思い出し
愛の目覚めた渡良瀬川——。
　　——想幻。

でも媛のあまりの
哀しく寂しそうな憂いは
あまりに深かった

白聖愛夢二

初発への覚醒

士は　媛にはじめて出逢った　その瞬間に
　遠に　恋に落ちていた
その　初々しい　まっすぐな澄みきったまなざし
白いしなやかなふるまい
才智あふれた綺麗な声を
そして何よりも　媛の純真な心を少しづつ知って
士は　死のときまで
媛との繋がりをもつ！　と心に決めた——
　だが　大丈夫の士は　恋に惑う迷路を封印し
己のときめく想いをうち抑え
あわよくばふるえる激しさを押し殺し
ずっと恋慕《おも》いつのらせた　心のなかに
触れてはならぬの　禁令を発し
何万回もの　手を触れあう機会の刻を
自らへ打ち消し　désir を封じ

純白の affection の育ちゆく　道を
エチカと　選んだ。

あなたはとても美しく
あなたはとてもおだやかだから
あなたはきっと　ひとりでさみしいから
口びるがあまりに艶やかだから
目が静かにやさしく聡明だから
ぼくの美感覚にあまりにはまるから
歳がとてもはなれているから
柔らかくとても besar したいから
やさしく抱かれまどろみたいから
おはなしをたくさんしたいから
あなたとの愉しい時間が
いっぱいいっぱいほしいから
サンジェルマンで朝のカフェをしたいから
マッターホルンの森で鳥の谺に散歩したいから
南の島で　蒼い魚といっしょに戯れたいから
ぼくの　最後の愛だから
最後のだいじな　大切な人だから——

の憶いを　すべて　内へおし隠しながら
また永い月日に　憶いをはぐくみ深めるも
禁断の　心の壁を塗り固めていく
ふるまいを徹した。
男は　ただ　媛と
ずっと一緒でいたかったから

の

一途で
真の心を語るのを　愚賢に己に禁じた。
その初発と七億光年の軌跡との
黙して愛する心の閉じが
渡良瀬渓流で　覚醒爆破されてしまった！
日々の　媛の幻影が
士を襲い
士は　もう好きであった真実への
たった一つの嘘はつけない　と

——好きで　ありがとう
と言われるコンフェッションを
士は　覚悟した。

白聖愛夢三

永遠の美と世界叡智の交わり

ミネルヴァの梟が
世界の叡智をかかえて　飛んだ　あの
マルクスの資本の格闘を
永遠の美が　微笑んで受けとめた時
ぼくは　媛を　恋する記憶をとりもどし
あなたとぼくの間に　噴流する
世界の叡智の語らいは
時を忘れて　螺旋し
空の穴から　噴出して
壁の爆破を　ぼくへもたらし
真の生の享楽に
　ふたりを交あわせ
至高の愉楽と笑いの
　深い白い時を　招きこんだ！

あなたは　ぼくの言葉を
その白い美へ　溶けこませ
燦めく瞳の奥から　ぼくを　きっと愛したから
まどろむ　窓の夕日の冷たい風が
ぼくを咳き込ませ
あなたは　煙草をぼくから　とりあげる……
もう　ぼくは
あなたの白い心の瞳に
ずっと感じていた　やさしい愛に
純真な白い心に
素直になると
はるか　時の前の前
古都の織り布の　帰りの列車の座席に
疲れ横たう　あなたの眠りの
やさしく白い頬に　そっと触れ
いとしみたかった　そのときから
ぼくの憶いは列車の速さを超えて
もう走っていた
その疾駆の真制の心を
月明かりの富士の影は
遠に知っていたのだから

世界の叡智に頼み
ほんとの心憶いを
amour に溺れず
叡智に溶け込ませて
あなたの永遠の美へ
　清らかに　吐露するのです

白聖愛夢四

エチカの罪を超えて

白い指が　凍えていると
あなたは　そっと手をだし
ぼくの　指が　ほんの少しあたためる――
でも　まだぼくは　あなたを引きよせるほどに
心の壁を崩せず
おそれなき　おののきに佇む。
純粋関係を継続させるためだけに
あなたに　触れる繋がりを　隔ててきた
その士のエチカの　おかした罪は
あなたの　あまりの純真さの燦きに
あなたを　好きだと言えず
あなたをHug さえしえず
いくつかの
あなたを　思ってはならぬの
せつない反動を回転させてしまい

ぼくは　まだ
あなたに　口づけさえしえずに
　哀しむ。
自制の壁の　厚さは
思うより厚く　その慣習の襞は
ようやく
ボロメオの輪の穴からすべりだし
あなたを　愛す！　と
心の内に黙出して
二〇一八億光年の　あなたの産まれた日に
小さなHugとなって
夕闇に　小さく　やっとほのかに安らいだ。

おれはおまえに
かちっと　であっているのに
かわすくちづけもなく
あらゆる寂しさを溶かし
都会の月あかりに
かなしい純愛を　うめかせる
おお　おれは　お前を好きだ！

あなたの　とまどいが
手にとるように　分かっているのに
ぼくは　ひたすら
あまりに強固な　自分で構築した
心の壁をうち砕くべく
青い斧を言葉にふるい
白い雪にとじこめられている
愛を彫り出して
あなたの手を　ホームの雑踏のなかで
しかと　握り
あなたは　強く握り返して
別れたまま
新しい出発が　もちこされた年の瀬

　おれは　涕をぬぐって
　雑踏の雪海へ去った。

二つの愛の旋律を　あなたに贈り
あなたとワインを飲む生誕日の誘いもしえない
たたずむ　ぼくは
あなたを失うおののきから

愛情を守るべく　ふたたび
エチカの罪に　帰る覚悟にあるものの
このエチカの罪は
ただ　あなたにくちづけることでしか
祓えない！

その煌めく
おまえとおれがとけあった刻に――。
世界は　愛の祝福を奏でる。

それが
トゥランガリラ交響曲に託した
士《もののふ》の　真制の心だ！

――第4楽章の旋律が語るぼくの心の鼓動の
君の誕生の日、
それは
ふたりの新たな愛の誕生の日になった。

雑踏の後悔

白聖愛夢五

握りかえした　あなたの手の強さに
ぼくは　つよく　抱きかえさねばならなかった
自制の厚い壁は
あまりにかたく
まだ　ぼくは　塗り構めた心の壁を
破壊しきれていない
あなたを　そっと抱擁するのが
精一杯だった
それほど
　恋や欲愛を超える
ぼくの愛情《affection》が　強かったから
あなたに　逢うたびの
つよい　愛《amour》の表出を
なんども　なんども
押し殺してきたから

身体化された自制は
あなたの心へ　瞬時に
こたえられなくなっていた
あなたの　つよい指の力に
驚いたぼくは　涙をこらえて
反対側の路線へ去った
反対へいくのね　と
ぽつんと呟いた
あなたの純真な心の声を　聞きとれなかった
　唐変木……
ぼくたちは　あの瞬間
別れるべきでなかった
　愛をたしかめあう
かたい抱擁へ　戻り
ひとつの　小さな
くちづけの純真に
　高ぶる心を　鎮めるべきであった
いや　もっと先に　あなたのつらさの時に
見せぬ涙をだきしめ
声だけでなく黙って
あなたの孤独を溶かせずとも

抱擁してあげるべきだった
ふたりは
信頼へ
深く　語らずとも愛しあっていたのだから
　真の気持ちを
もう　隠さず
語りあうべきだから
別れのあと
あなたは　ひとり　ワインと美味しい食事に
ぼくの贈った　二つの愛の旋律にまどろみ
ぼくは　amour と affection との闘いの
詩表出へ　苦闘する
己のなかでなにが起きているのか透解せずに
ぼくは　なにもしえないから
愛の二つの旋律を　なんども流しながら
それを聴くあなたを憶いながら
言の葉を　綴った
あなたに　媛ミロクへの思いが
少しでもとどくのを
　　　　　　　　　　祈って――

白聖愛夢六

媛ミロクとわれ諸貌

われは十分に感じていた
媛ミロクの開いた清らかな　白い心を
われは十分に知っていた
媛ミロクの柔らかい紅い　やさしさを

ミロクは十分に感じていた
われの閉じた心の悲しい屈折を
ミロクは十分に知っていた
われの蒼い真制の純なる憶いを

語らいあうビジョンが
空に合わされ
都会の喧騒が　太陽の夕闇が
生の停止を　ときに招き
愛の歪みをもたらすことを

なれとわれは　十分に知っていた
だから　あなたとわたしは
この世にない　絶対的な純粋性の関係を
なによりも強く　心からの信頼にみちて
白い情愛 affection を潤して
七億光年も生きてきた

だから　いま
通り過ぎる夕闇の雨にかき消されぬよう
ミロクが感じた大いなる愛情と信頼の波間に
しかと　媛ミロクと士テシュラは　いだきあい
かたく　指をにぎりあい
深い親密さの
愛を超える愛のかなたで
真っ白な雪の天空の億光年に
やさしく　くちづけ
新たな響の中に　出立する

あなたの　ほんのわずかな言の葉が
ぼくをなごませ

あなたの　聡明な言の意志が
ぼくをあたため
ぼくの　透明な思考が
あなたを支えるから

あなたとわたしは　ミロクとテシュラをかかえて
永遠に
大地と海に囲まれ
白く
強く繫がり続けている

——媛ミロクと士テシュラの　真制の愛を
もう　だれも　壊すことはできない

白聖愛夢七

寒月の白い花

まだ寒い冬春
蒼い半月が　凍てつくように
闇に　穴をあけて
じっと　椿の花をみつめていた。
梟の夜の鳴き声が　月の花の薫りと
小さく恋して
遠く離れたふたりをやさしく包む。
手をこすりあわせ
むすぶ　ぬくもりに
白い春の艶やかな桜の芽が
くすくすと　愛の微笑を
冷たい風にのせて
望月の宵に
愛が　しかと交わされる。
遥かな白き山のかなたの　ふたりは

満月の北東の煌めく星のなかで
しずかにくちづけ
柔らかく抱擁し
途迷いを見捨て
ゆっくりと
愉しい談に　睡るだろう。
　春よ　来い
薫りのうちに　花をかかえて
やまとことばの　美しさに
士の　想いを
くっきりとうけとめる
木花之咲夜媛——。

寒月の雪の花
　指先の露
白い雫
　透明な情愛
古神話の忍の飛翔
　二〇一八年をつきぬけた
二〇一九億光年の愛よ！

白聖愛夢八

美理性の愛に

あなたは世界へ飛翔する人だから
あなたの美が理性をいだき
あなたの理性が美をいだき
あなたは　その美しい純真こころの理性で
あなたのたくさんの広い世界のなかの
　ほんの片鱗の
ぼくの存在が　世界線に立って
語る理《テオリア》の知の概念《コンセプシオン》を
あなたの言の葉に翻して
受懐する
地球の大地と海のくちづけに
溶けこむ太陽の　永遠を
あなたのしなやかな声にくるんで
あなたの澄んだ瞳で　われを見つめ
透明な判断を射るから　もっと大好きになって

eros と sophia の

あなたとわれの　永い日々の　信頼の愛情《アフェクシオン》は
白峯より真白く高く　海溝より藍色《あお》く深く
ハチドリの嘴が　花の蜜を吸うように
溶けあっているから
もう　あなたの　ぼくの中の存在《エートル》の
蓮の花の奥処に潜ませた　真朱《まそほ》の憶いを＊
雪の享楽にのせて　口の言に放つ
孤独の寂哀へ　放りだされる
燃える炎をかかえる思いを怖れず
われは　真逆の　雪の白い決断を
鳥と星の語りあいへ
あまりに愉しい　あなたとの〈時を忘れる時〉に
男と女を超える　Le と La の非在の
ヘテロトピアの愛＝ソフィアの花園へ投げこみ
あなたの美理性へゆだねる
トリスタンとイゾルデの愛を超える
あなたとわたしが
至高の生愛を紡いで
やさしく　そっと抱擁しても
細い指をやわらかく　かたくからませても

神々は　咎めず
なぜ　白いくちづけをかわさぬのかと
永遠の剣で　アフロディテは
天空の　雲を切って
「聖愛」
と自ずから然る　言霊を描く
さよならの別れが非在の
あなたとぼくは
どんな時も分かちあえる
白いアフェクシオンを
静かに抱きあって
あなたの美理性とぼくの真制心との時空に
この世に非存の界を　超築した
（ファロゴスの五十蝿をマグマに溶かし）
あなたとぼくは
純白の聖愛に
小さな真朱《あか》い印を　刻み
やさしく抱きしめあい
あなたの歓びや痛みを　微笑みを
あなたの悲しみや淋しさを　涙を
あなたの大事なものや愛しいものを

＊真金吹く　丹生の真朱の色に出て
言はなくのみそ　吾が恋ふらくは（万葉巻 16）

あなたの強さや弱さを
あなたの煌めく夢やビジョンを
あなたの純真な意志を
あなたの叡智や情感を
そして　白の中にとりのこされている
　黙する深い孤独を
われは　静愛で受けとめ　つつみ
内へ　つちかってきた
この七億光年のアフェクシオンを
ひとつの　白いくちづけによって
もっと　自然なふたりの営みに
転回するとき
　あなたは　われにとっての女であり男であり
　われは　あなたにとっての男であり女である
交歓にトゥランガリラのシンフォニーが奏でられ
　あなたとわたしは
　Joie de sang des étoiles の喜悦のあとに
　Jardin du sommeil d' amour にやすらぎ
愛を超える愛の　ふたりは
もっとつよく　しなやかに
愛しあう ——

白聖愛夢九

聖愛のトーラス

媛ミロクの白いこころの中へもぐって
純粋の内側から
からだ全体をうらがえして
やわらかくつつみこんで
媛の乳房のなかで
士テシュラは　永眠《ねむ》る。
植物のように　うらがえった　テシュラは
聖愛を
ただ　媛ミロクのやさしいくちづけだけに眠らせ
子宮も閉じて
媛と士は　ただなんどもなんども
くちづけだけを　交わして
さらに　百万光年の無意識に眠る。
ただ　享楽の〈もの〉魂に
すべてをゆだねて

士は刀をおさめて
　愛の花園で永遠の睡りにつくのだ。
媛ミロクのくちびるのやわらかな
　ぬくもりを　骨にのこして
最後の affection を
死にとけこませて逝く。

だから
いま
この瞬間を
あなたと交感する
　時はいま君の　場所の中！

あなたの美しさは
まったきの純真な心から
明るくまっすぐに表出しているのだから
そして　深く沈んだあなたの寂哀さから
回転させられているのだから
さあ　ぼくは
あなたの親密さのなかに　もぐり
あなたの　勝る共同的なものへの

強い意志の向こうに
あなたの　閉ざされた深淵な孤独感をつつみ
　「生涯で出会っていただき、見つけていただいた
だけで、とても有難い事です」
のつつましい綴りの拒みの隙間に
忘却されてしまう愛の小石をひろい
媛ミロクの想幻の蒼い洞窟をくぐって
あなたをしっかり　いだきささえるために
いま　残された一刻一刻を
俺がいる、と
雪山のいただきから
白い森へ　馬駆けくだり
　愛《amour》を超える聖愛に
　つよくやわらかに
君、媛ミロクを　情愛《affectionner》す！

白聖愛夢十

夢春の舞い

美媛ミロクは　士テシュラに
はじめて　やさしくくちづけしました。
遠い、雪の山のいただきから
新春の風にのって
くちづけの花びらを
白い鳩がとどけてくれたのです。
士は、己がはなたれた　よろこびのあまり
森のなかを、冬眠から覚めた
栗鼠と兎たちといっしょに
　舞いました。
どどん　どどん　と
鬼たちも
桃の酒を　いっぱいにのんで
媛と士の
真朱《まそほ》のくちづけを
祝ったのです。
それは　宇宙光年の
彼方からの
小さな　白いしあわせでした。
その　望月の夜
ふくろうは　愛の智恵を奏で
むささびは　愛の飛行をおしえてくれました。
士と媛は
出逢えた　永い月日の道筋に
　しっかりと　抱き合って
ふたりだけの
やさしい　信頼の
くちづけに
しあわせいっぱいでした。
永い　忍びの真の憶いを
ときはなち
春の朝
春の宵
ふたりは
重力のおもみを　ふりきって
まっしろな　太洋の浜辺へ

白鳥に　案内されて
飛んでいきました。
たんぽぽが　そっと
ほほえんでいました。
ふたりだけの
春のあたたかなぬくもりです。
　夢春の花の
　　一輪の幻――。

白聖愛夢十一

白い空へ

白鶴の群れが
いっせいにとびたって
緑の風にのって
星光年の
はるかな
くちづけを　ひとつ
おれにとどけた。
君は
桜色の絹衣で
白いこころをくるんで
真朱《あか》いはなびらをつけ
おれの手を
あたたかいと
紺青の空へとばした。
愛の言霊は

もう
かなしい雨に
ぬれることもなく

おれは
つめたい
君の背中をだき
しっかりと
やわらかな白い手の指先を　にぎりしめ
天空の士テシュラが　闡明する
ああ
おまえを愛す
おお
おまえを抱く
えい！
おまえにくちづける。

孔雀が
黄金の羽をひろげ
おれたちを
祝す

はるかな山の
こだまが
しじまに　また
どどん　どどんと
鬼の太鼓を鳴らす
朝　君が傍にいた　夢——。

こころの
まどろみに
細い通道がきざまれ
記憶の悲しさといとしさが
すこしずつ消えていく
透きとおった
　白い　空。
　白蜻蛉と赤蜻蛉が舞う………
　愛舞——

白聖愛夢十二

春宵の白い叫びの幻

憶いの十字星にうづくエロスの星の血の喜悦を
テシュラが白く叫び歌い晒すも
　chair の彼岸へ飛超するため——
おまえの
白い胸の小さなふくらみのなかで
おまえの紅いくちびるにつつまれ
おれは眠りたい。
赤い星の血が
ふたりの口腔を流れて
世紀的な愛を交わす
春の夢宵
かぐわしい桜の薫りをまき散らし
おれはおまえをはげしく抱く。
おまえを陶酔させ
おまえを眠らせ
おまえを揺らし
おれは
天空の髭仙人となって
おまえを桃源郷の高宮へいざない
恍惚の喜悦の絶頂で
白いおまえを
愛す！　と叫ぶ
おれは
もう
おまえなしに
生きていないから
　ひとり残され
おれはおまえがそばにいないと
もう　さびしくてと
　赤児のように泣き叫んではならない。
おれは
透きとおった純真な心の　おまえを
つよく慕い愛しているから
愛の彼岸に歩いていても
愛《amour》の迷宮に溺れる　片隅のおれを
他の男たちのように　蔑むな

おれにも　男はある
　おれの胸にだかれ
　　おれのなかで眠れ
真っ赤なおまえになれ
真っ白に
おれはおまえを抱愛す！
　わが媛よ！
おれは泣きたくないから………
白く　啼く
　エロスはプシュケーに恋し
　白い花は
　赤い花にそいながら
　君にすべてをささげる
　幸福にひれふす。

白聖愛夢十三

夢の至高愛

士テシュラは夢の中で
媛ミロクへ詞別《ことわ》きて言直し　和《やは》す

——あなたの悲しさを蹴散らしたいから
君にくちづける
——あなたの寂しさをとかしたいから
君を抱擁する
——あなたの痛みを鎮めたいから
君と指をからませる

あなたからもたれかかられたいから
遠い
旅にでる
——ぼくのさみしさを凪がしたいから。

はやく　媛ミロクの白い肌のなかに眠りたい
はやく　媛ミロクの乳房にかみつきたい
はやく　媛ミロクのなかへつつまれたい
黄泉坂の禍穢を　禊して
くるおしく　陶酔しよう
やさしく　森にねむろう
あたたかい
朝の紅茶を　いっしょに飲もう
セイシェルの真っ青な海の
亀の背にのって
　白い竜宮へいこう
あつい
くちづけを
こころから　かわそう
　ふたりで　なにもかんがえず
　　おだやかに睡りたいから。

夕陽が
しずみ
星たちに祝されて
至上の愛の
この瞬間を
永遠にすごそう
　はげしくなごみたいから。

ふたたびを越え　たどりついた
新しい愛と響きへ出発《たっ》！
神の霊性が待つ Love supreme は　もう
そこにある。

白聖愛夢十四

こぼれだす愛憶

心の壁から
こぼれだす
愛の想いの
さびしさに
泣いてしまうから
おれは　もう
歳も　身分も捨て
ただ　君を愛す 命の残りの時間に
すべてを　つくす

おだやかにめざめ
新たな生をみつけ
そして　ふたりはころがるように
波濤のうえで愛をかわし
青龍にのって

紫雲の彼方へ
遠くきえていった
　ふたりだけのおだやかな時間が
七色の虹にながれていきました。
だから
あなたをそうっと抱き
あなたにそうっと抱かれ
そっと　待っていた
ふたりの時に
あなたに包まれ
あなたを包み
いまの
せいいっぱいの
しあわせで　つつみあう
真の愛の être を
緑いっぱいの
風に吹かれて
見つけているのだから
　人生の至上の時を
真の愛に　生きる。
つぎのあなたの　しあわせのために――。

思いの強さを
すなおに　こころから受けとめ
記憶と経験におびやかされず
別の景色に
愛しぬこう。

それは
たったひとつの　くちづけではじまったのだから。
愛の回転 Développement de l'amour
そして、
トゥランガリラの第10楽章のフィナーレ！

愛憶は　渓流の愛空へ　飛散し
星々の燦きとなっていった

白聖愛夢十五

amour を超えて

——だが、
ぼくは
愛に酔ってはならない
　恋をしてはならない
愛恋は狂おしい嫉妬をかきたて
恋は　エゴの独占の疼きを苦悶させ
決別の哀寂が心を引き裂き
信頼は枯れ、不信が錯乱し
愛する人の姿は　どこにもなくなるから
愛《amour》を歌うだけの　めくるめく
ときめきを　情感へまかせて夢みてはならない
amour の誘惑には　悪戯天使が迷いこむ

——だから、
「愛」の言葉を溶き

「愛」の概念空間を融解させ
愛のかなたの愛に
ただ　談笑と食事のあたたかさに
叡智の研鑽のなかに
非在を超える
白いアフェクシオンを
大切に　つちかってきたのだから
君の
せいいっぱいの　おもいやりに
　凭れたままではならない
ぼくは　ただ
君の　白い
やさしい胸に　だかれ
君の　やさしいくちびるにふれ
君の　白い指をしっかりにぎり
君に　せいいっぱいの小さなしあわせをあげて
君の　やすらいだ微笑みを
満月の
霞の湖に映し
　恋幻を散らせて
永遠の美を　祈り

ゆっくりと　ぼくは
死んでいこう。
季節外れの蝶が
目になみだをうかべて
夕暮れに舞った。
　ふくろうが鳴く
　――智者も　無限ならず。
君の
しあわせを祈る。

神よ！
ぼくの死を　冷たい白い水に屍よ！
白い花が
氷のうえをそっと
　流れ去って
瑠璃色の　光が
　ちかっと　散った。
神は
黙って　天空へ帰った――
　蒼い空から
　たった一粒の

雨が　泣いた。
それでも
愛は　永遠に
瞬き
そっと　みつめあう
ふたり――

白聖愛夢十六

ふたりのめぐりあいの記憶

君とぼくは　こんなにも愛しあっていた
君とぼくは　こんなにも信頼しあっていた
都会の噂や喧騒に　惑わず
君とぼくは　たしかな美と叡智の交叉のなかで
君を　ずっと静かに見つめ
ぼくを　君はやさしく見つめ

たくさんの出来事に　穢れず
いちども
かわしたことのない
Hug とくちづけを
あたたかい　眼差しで
幻に　かわしあいながら
くちびるに　あたたかい言の葉をのせて
小さな　なみだをこぼすこともなく

ジュネーブのチョコを口食み
大三輪の〈もの〉神にもうで
熱海の織り布の宵に　ぬくもり
君の望みを言の葉にし
いくつもの会議や仕事のあわただしさの
隙間に語り
ゆっくりと　叡智の厳格な判断を決め
見えない小さな積み重ねの
緑の信頼を深め

こおった
人類の　ほろびを憂いで
君とぼくとしかいない
地球線上の
木肌の机の
笑いの愉話から
鷺の白い足に
神々の指輪をまいて
純心を　むすびつけて
渓流の目覚めに

ふたりは
やさしく抱擁し
そのまま
白い花に
赤い花がよりそう
真朱の円月に
愛の　弓をひいた………

白聖愛夢十七

生まれかわったふたり

希望は　波の彼方に漂ったままなのか？
のこった二人の神が
また
おのごろ　おのごろと
　君と
　ぼくを
こんどは　同時につくった
前世の
ふたりの哀しさに
耐えきれない神がいて
ふたりだけの
生命を
まだ
消えぬ太陽のもとで

新たな赤い命を生んだ
コンドルが
　そのよろこびの
　涙をその目にうかべ
孔雀へつげた。
白い象が
雄叫びをあげて
それを祝した。
白いライオンが　その愛の力の
猛々しさを　讃じた。
緑の棕櫚が　風の旋律を奏でた。

　君よ
　ぼくよ
偉大なる白い愛よ！

愛とアフェクシオンの闘いのルネッサンスが
遡及的に
まきおこったと
神話の一書は　伝える。

未来の
　君と
もう　ぼくは
　なんの躊躇もなく
熱く
　まじわった！
プラハ古城のヴァルタヴァ河岸で
静かに　暮らした夢幻の
　　希望は
　太陽の石に
　刻まれていた

ふたりは　夜のとばりの石だたみを
腕をくみ　やさしく歩いていた　と——
二十六世紀の天使が　伝えた。

白聖愛夢十八

白い花のくちづけ

君は　もういちど
男のうらがわへ　そっとまわって
男の愛の声を聴き
男の真のこころを
君の純真なこころで見た。
男の心意に
男のやさしいエロスを覚え
荒廃する風景の世間から
すこしはなれ
男の透明な沈黙に触れ
男を愛する白い道を
君のやさしさのなかにおいて
自らの記憶の規範をとりさろうと
真朱い花に
頰をよせ

そっと　くちづけた。

真朱い花は
冬の白い雪に
ちいさな芽をいぶかせ
寒風に　たえながら
男の　まねく
白い百合花の愛の心に
あたたかな　とまどいの希望を感じ
春に
すこしずつ咲きはじめ
いま
えい　と
新緑の濃さに
赤く　白く　花開く。

——聖愛が　舞う！

もう
おそれは
君のつま先にない。

たくさんの愛の中で
目にみえない白い愛を見た　君は
その白い肌に
柔らかく
その男を
抱き　男の細い指が
君の乳房と耳たぶを　そっとまさぐるのを
あたたかく　感じ
君を　至上の愛で
つらぬく男を——純真な白いこころで
魂《たま》がぬけていかないよう　つつみこむ。

君は　君でない君に　君であることを
それでいい　すべて——　と思ったのは
共同の勝る選択が　多くなるほど
閉じる孤独に　耐える寂しさを
男の対愛が
少しでも和らげてくれ
君の心が　飛ぶ鳥で
空と地上に自由でいられる　と知ったからだ。

男は
都会のなかで
　蒼い海から
白い鶴が
とどけた
細いきれいな
　十字架の首飾りを
君の
白い
　うなじに
かけた。

　ミロクと
テシュラは
過去も　未来もない
いまを
　いっしょに
　あるきはじめた。
白い花の　愛を抱きしめて――。

白聖愛夢十九

二輪の白無

しずかな
ながい
くちづけを
ふたりは　長い青洞窟をぬけた　白い部屋で
　あたたかく　かわした。
その白いエロティシズムの炎にささえられ
青くふるえる愛の炎がたちのぼり
やさしく　それをつつみこんだ。
白い花が
二輪そっと
純白い空から　みつめていた。

　ふたりは　迷わない
　ふたりは　おののかない
　ふたりは　信じあっている
　ふたりは　黙契を知っている

媛ミロクと士テシュラの愛しあう　静かな世界では、
〈自己・詩…対＝愛：家族（親族）…自然：客体（対象）：共同界〉を、精霊（魂）・幻想・精神が繋ぐ。
花・草・木、鳥・虫、動物が無数の菌を含め、ともに横回転し、逆発穀し、場所＝大地と天空との間で生命し、水が循環する。
男女《ひと》は、内臓系と体壁系の身体をもって、染織（洗濯）・料理（農・漁・畜）・住まう（建築）に直耕し、国津と天津の神々と暮らし、神話・和歌・物語・音楽・絵画・彫刻・道具が、疎外表出制作され潤いへと奏でられる。

子どもたちはそこにすこやかに育まれる。
歴史は、その中に時間を統べる。
媛と士は、古来からの調律世界をばらばらにした繁栄の近代をつき抜け、
神と霊性を喪失したその現在時空を見わたし、
ふたりの対愛力をもって、
穏やかな絶対平和へと
〈もの〉の配置と表出を déplacement する。
共同界へ向かう媛が孤独に幽閉されないよう、
士は智の白剣を振るい、
媛の白愛の劔が祈りと鏡の燦きを発するよう
そっと仕える。

ゆっくり　ふたりは
絶対白無の微睡みに
愉話の時を　くりかえし
静かに
天の鳥船にのって
ミュトスの蒼空を
しっかりと手をつなぎあって
散歩している

詩愛のテオリアへ

白聖愛夢二十

白い指の声

士は　媛の手をにぎった
媛は　つよいちからで　にぎりかえす
あのしなやかな指で――
この一瞬に
雑踏のメリーゴーランドは反転し
士の amour と affection との闘いがはじまった
幻影の媛は　媛の実在になった
　士は驚いた　――
士は　詩を綴り
秘めた無意識の amour と
ゆっくりはぐくまれてきた affection との
はざまの情念をはじきだそうと
己に素直に
　白い affection のノートを書きなぐり
それを詩集へと表出構成したのだが

こぼれでてしまう「声」に気づいた
媛ミロクの「声」だ！
　秘めていた　思いの反転は
　心の壁の爆破だけですまなかった
白い顔の口から発せられた「声」の残響は
士テシュラのめくるめく思考を回転させる
すると　それは
「白」の観念　「白」のシニフィアンの
　思春期の記憶へと
過ぎ去ったニンフたちの
〈白〉の轍と灯籠幻影へと
　士を引きこんだ
その白い愛の記憶の筋は
祈りの霊性を
フィロソフィーの青い思考へと誘う——。

士は　少年のときから　母から対峙分離する
〈白い女《ひと》〉の愛を希求していた
だが　それは青年の苦悶のなか
たどりつくこともなく
夜の星明かりへと　遠い日へ消えていった

乙女たちの影に
狼の悲しい遠吠えが
しじまにすいこまれる
　渓流のなかから　白い鷺が　飛翔し
　蒼い波粒に　くちづけた　渡良瀬幻想
その時
美媛ミロクをつよく　つよく想い続けてきた
士テシュラは
　たどりついた　その愛の
おのれのまったき理想の白い人と
士の声を　白へ融解する時間に
たしかな気持ちを　たしかにして
その〈白い愛〉の出逢いの調べを
ミロクへ　すなおに　ことのべようと
　決心の　安寧をえた
美媛ミロクは
〈白い愛〉を　その声で
士テシュラへ　七億光年にとどけ続けていた
白い指の声は　士の心へ　もう語られていたのに
テシュラは　ただ忍んでいただけだ

白聖愛夢二十一

美媛の鏡面

われらの affection は
純粋な関係の親密空間に
永きにわたって　超築されたのだが
君をいだき
ぼくをいだき
君の指をにぎり
ぼくの指をにぎった
その瞬間
士テシュラのなかに
美媛ミロクが産まれた
　君の誕生日に
　ぼくたちの新しい愛が生まれた
それは
士テシュラと媛ミロクの愛 amour 想幻 ——

美媛ミロクは君なのだが　あなたには見えない
士テシュラは美媛ミロクを見つめているのだが
それはあなたの鏡像
——外から　それを観ているぼく

なのに　affection の愛は
ぼくとあなたに実在 être している
愛は　たしかに存在 être している
稀有な関係性にあったから
　ぼくは　君の声を聴いていた
　あなたは　ぼくの声を聴いていた
その声が　士と媛を
純粋の親密性から想像界へ詩表出した
その想幻は　しかし
われの時間的絶対限界の中に実在する
ただの像ではない
おれとおまえも蠢き　対《つい》の君が
わたしとぼくの間で　声を聴いている
あなたの事事をうけとめる
　わたしは　なんの畏れもない
〈もの〉のリアルにいる

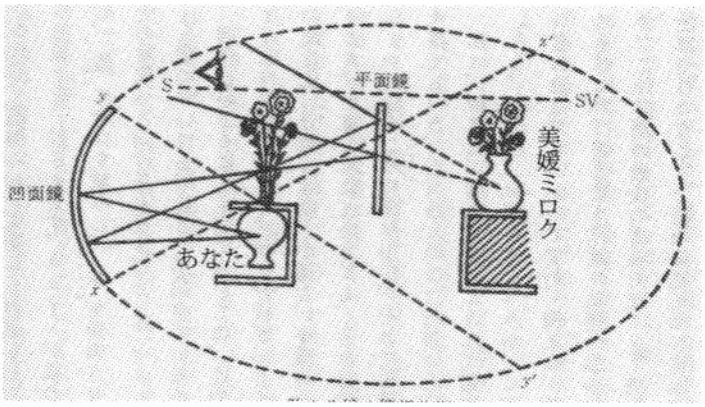

士テシュラと美媛ミロクの　たしかに在る幻像が
ぼくと君との実在に同化するために
あなたは　ぼくの手をつよくにぎりかえす
士を実在させる　ちからだった

　鏡面は実在している
　幻影も実在している
　　amour の場所に——

君とぼくは
affection と amour とを
幽界と顕界を超えて
エロス超越的に一つにするために
くちづけるのは
凹鏡面を砕き
声なき　身体の心と情感とをかわすため

ぼくは　あなた自身を
真に感じ
あなた自身を見つめている
君の声を

ぼくの　身体の中に実在させたいから
くちづける
言の葉の口と口とのまじわいは
文字と声を封じて通道する　愛の聖儀式
そこから　おのずとしかる
新しい愛と響が　声を超えて
真にはじまる

あなたは　くちづけをやさしく
かえしてくれるだろうか?
　と寂しく考えてはならない

その分水嶺は
どちらに転んでも
愛を超える愛に
なんの変わりもない
ただ残った鏡を見続ける　ぼくが
静かに　死を待っている

いや
ときが

未来の時間へおくられるだけで
ふたりはたしかに　いつの日かくちづける
神々は　認めているから！

ひとつの聖愛のトーラスの
星の血の喜びのときは
夢の鏡のなかで
平面鏡が九〇度回転された
美媛ミロクと士テシュラが交しあっている
それが　ミュトスの象徴界だ

ミロクへ近づくとあなたは遠のく
あなたに近づくとミロクは遠のく

ぼくは死しても
われは死せず

白聖愛夢二十二

士の藍航海

母のファルスの幻想界に対して
士テシュラは　対極に〈白い愛〉の女幻想を
無意識を横断して強く配置した
だから士は　白い女の愛の乳房を夢幻る
男根の子宮に　なんの執着ももたない
その心象は
欲望グラフを反転させ
去勢と剥奪を述語享楽へ転化して
士は　言説の大海に漕ぎでる
〈哲〉の舟にのり
〈白い愛〉を探す　航海に
嵐や凪のなか
鴎の指針のかなたに
白虹をみた

メキシコ　ニューヨーク　トロント　パリ　ロ
ンドン　バルセロナ　ローマ　アテネ　バリ
ハノイ　クアラルンプール　プーケット　上海
香港　マラッカ　キエフ　モスクワ　モルドバ
エジプト／ルクソー　トルコ　マラケシュ　プ
ラハ　ジュネーブ　ウイーン　ムラウ・・・・
ルオーの聖キリストとヴェロニカ、
ゴッホの烏をもとめ
モネの睡蓮と
カンディンスキーのコンポジッションに出会い
メシアンとストランヴィンスキーと
チャイコフスキーの躍動に酔い
プラハの教会で　モーツアルトに涙し
コルトレーンのサックスに
ジェレミー・スタイグのフルートjazzと
ビセンテ・アミーゴのフラメンコギターに遊び
アルゲリッチのショパンピアノ幻想曲にふるえる

すべては〈白〉の感覚を研ぎ澄ます旋律だ
白の色と　緑の景色は
白い愛への誘いの気心象——

遠い日のかすかな痛みは
君に逢うための　道しるべであり
真の〈白い〉君に
ぼくは　ついに出逢いたどりついたとき
歴史にとらわれていた
時間の心性は融け
君を　遠くに見つめ
君を近くに　見つめ
真朱い憶いを押し殺し
　一三五〇五日の　時間をへめぐり
君に　そっと触れた夕刻
君もその月日を回想し

白い時は　今　君の中
〈白い愛〉がその夕歩に流れていた

だが　士はもう老いた
口惜しい涙を
いっぱいの星にはなち
媛との

わずかに残された時間に
士は媛を抱きしめる

隠れ里の港に
哲の舟は
白い虹の下で
眠っている

白聖愛夢二十三

美媛の白いやすらぎ

白い指を　士にさしだし
媛ミロクは　士の指をつよくにぎり返し
〈白い愛〉を　士にそそいでいい　と
士の　抱擁を　黙ってまっていた
永い月日に
士のさまよいを　遠くで見ていた
士の情愛を　近くで感じていた

媛は　マリアの愛児を産み
自分へ　生きようと
富士の望月の　松原で
灯のともる古家を　見つめ
富士の影に埋もれる

士テシュラの心を　うけとめて眠ろうと

愛幻した

羽衣の笛の音が
海原の波を鎮め
媛は　祈る

媛のくちびるを
士のくちびるが
やさしくふさぐ
媛は　おのれの声を
士にすいこまれ
その　一瞬のやすらぎに
目をとじ
そっと　士にもたれかかった

望月は　微笑んでいた
星々は　ちかちかと
祝していた

士は　媛に
　たどりついた!

媛は士に愛されつつまれた
真の白い愛が
媛ミロクから
　士テシュラに与えられた

詩と哲理の réflexion

士の荒波の蒼い航海も　媛の白に投げ込まれたさばえる煩悶も　白い愛が　ファルス論理の穢汚の欲望を霧散させ　生享楽の欲動《pulsion》表出へたどりつく　純粋関係の親密性であり　女と男のヘテロトピアに　ふたりだけの共感覚を透明に形象している。詩と論理は架橋され　士は一〇〇〇冊の書を読むよりたしかなふたりの対関係に　直情表出を超える　テオリアに支えられた詩表出を　生物的年齢を切り捨て試みた。

二つの出来事を　渡良瀬渓流に見た媛の後姿と哀しみの瞳　雑踏に交わされたにぎりあう指と指の実在に　詩幻影は心の地図をさがし　ふたりに合う言の葉を染織し　母のファルス呪縛から飛翔するふたりの聖愛をたしかにする。わたしとあなた　ぼくと君　おれとお前　ミロクとテシュラ、媛と士が、〈われ〉の浮遊の中で交叉しながらふたりの想幻空間と実在場所の時空で jouer する。愛の現実界の不可能を抱えて、ふたりの聖愛のくちづけは　声の響きを身体の黙契に封印する交接であり　欲望をはるかに超える星の血の喜悦であって　永続するふたりのなせない日常　幻想像と実在とが身体合一する虚空。男女の amour は幻影表出と愛欲欠乏の実際疎外であるため葛藤の苦悶を招きこむが　affection は実在の静かな情愛であるため和合の距離をもって対者をつつむ。士はおのれの航跡を透解しえ　媛は煩雑な他者の混情を棄却しえ　ふたりの生愛は　かたくしなやかに eros と sophia の和合に凝集され　amour をざわめかせずに affection に静香に溶解させ　白い聖愛へと昇華させていく。

白聖愛夢二十四

時は今、君の中　（編曲詩）

さわやく風と葉の響音
流れる月影の白雲
遠い日の
かすかな痛みと悲しさ

通り過ぎる夕雨に
涙した君の頬　ぼくの頬
聖愛夢を紡ぐ季節
♬君の名を呼んでみる
　たしかな気持ち たしかに

♬〈時は今、君の中　時は今　君の中
昨日までの　想い出は君に逢う道標《みちしるべ》
時は今、君の中〉

媛ミロクが少女のころ　どこかで耳にした歌を
　今　ミロクがその中にいて　聴いている

微睡む陽光のゆらめき
波うつ草原のしじまに
置き去りの淋寂しさも
いつしか 薄れかすみゆく

未知らぬ 明日の夢へと
心の 白い地図をあわせ
たどりつく　この白聖愛を
離しはしない　もう

♬〈時は今、君の中　時は今　君の中
昨日までの想い出は　君に逢う道標
時は、今君の中〉

（♬葉山真理詩より）

白聖愛夢二十五

自然に、日常のリズムへ

ふたりは　より自然に
そのまま
静かに　あゆむ
ときおり
朝のコーヒーとサラダとパンに見つめられ
白い砂浜を散歩し
ときおりワインを　都会の夥しいきらめきに
距離をとって　眺望しながら　愉飲み
パリの郊外の　小さな緑の村で
ワインとチーズを愉しみながら
ときおり
日本の隠れ里の古家村落や古寺の苔港の
なだむ しづけさに歩きながら
ときおりクレーやモネの色合いに揺られながら
もう

離れたかすかな緊張もなく
愛する心の秘めごともなく
ケーキを分けあった　恥じらいもなく
思わずそらせてしまう衒いもなく
すこし煩わしくも意義ある仕事に
すこし難解な古典の学びに
闊達に
剰余享楽に遊び
剰余価値を算段したり
ふたりの時を自然にもち
拘束も従属も
羨望の嫉妬もなく
ゆったりと
日常のいとなみに
あうたびに　軽くくちづけし
手をそっとからませて　談笑する
必要なときに　必ずあらわれ
余計な関与もせずに
自由な尊重の　敬愛を忘れず
互いの自立をおかさない

時たま　ゆらいでしまう情感や
時たま　ゆらいでしまう考察を
おだやかに
その本質と表象を
ふたりは　的確に判断して
うまい　鮨を食べ
眠る

仕事は

仕事は
　他者の欲望へこたえる物的利益の最適化や
　自己満足利益のためでなく
仕事は
　世界をすこしでもよくする転移と配置換えの
　　本質にもとづいた歴史行為だから
虻のような人もいれば
梟のように賢明な人もいる
喧騒の中のカオスに
　清流を堰き止めた
歪んだ共同世界を決壊させて
智者と永遠美との
新しいコンビビアルな共同世界を疎外表出させる
　君の純真な意志の遂行への
　ぼくのささやかな共感覚の協働
仕事で　自分を失っている人が沢山いる世界は
仕事に　とてもよくないのだから
仕事は　おのれの資本を生かすこと

生命は

生命は　場所の国つ神と霊性に導かれた
多元環境のたくさんの命と民俗の魂《タマ》のいとなみと
　身体の器官の間に　気の流れと痛みを共感する
　心の躍動とやすらぎだから
闊達で聡明な
ふたりの intimacy 愛は　世界へ立ち向う
　生命の表出力
生命は　場所から切り離した科学の
　客観対象にしてはいけない
生命は　君とぼくとを繋ぐたくさんの生き物
石や水も　生命 ——

くちづけの poema filosofia

愛は
　大文字の他者欲望と
　ファルス論理中心の喪失充足ではないのだから
君だけでしかない鏡像への幻想感覚と
君だけでしかない実在へのたしかめとの
本質の反転に対して
「声」を聴きながら
「声」を断つ
あわさるくちびるの
一体化する身体の
エロスによる　ソフィアの
いっときの中断と
永劫のやすらぎの一瞬の
日常の瞬間儀礼だけれど
歴史を一瞬とめ
出来事を一瞬とめる
ふたりの時だから
時には
身をゆだね
心をゆだね
ふたりだけの
宇宙のときめく鼓動の
永い　くちづけに
酔うこともたいせつ

倫理《エチカ》は

エチカは　規範に服従する道徳規律の対極で
自らが自らに　いやおうなくずれてしまう
　その不一致への
誠実な責任ある
正しいことの独裁を許さない
他者の了解絶対不可能な苦痛《pain》を　忘却しない
対者へ　理解の暴力を押しつけない
対者の　すべてを受容して
火や水や空気や木や草や
空や雲や山や川や動物に
君と一緒に　包まれて

笑いあえていること
情愛は規範ではない
ひとすじの真の繋がり

哲学は

哲学は　あなた
哲学は　あなたとの愛
哲学は　あなたとぼくの関係を知る論理
哲学は　愛と愛情の精神分析
哲学は　あなたとぼくのくちづけ
哲学は　世界の愛の旋律
哲学は　あなたとぼくの言葉と声の述語享楽表出
哲学は　あなたの永遠の美
哲学は　ぼくの絶対理想のあなた
哲学は
　ぼくがあなたを通じて領有した世界と歴史
　だから　あなたを愛し続けているものが哲学
一万冊の本が教えてくれるふたりの愛

君は

君は　世界を回游し
たくさんの人から愛され　愛し
強い純真な意志と
たしかな判断のやさしさで
白い剣を　世界へ打ちこみ
才智に輝く　瞳で
人々の　悲しさや苦痛をやわらげ
愛子を　慈しみ
家族を　大切にし
希望を　永遠の美に繋げ
やすらかな　安寧を
世界へ　その霊性で
もたらす人だから

　その小さな島の片隅で
テシュラの声に　くちづけ
世界知を　しらしむ

永遠の——

Elle est retrouvée !
— Quoi? — l'Éternité.
C'est la mer mêlée
Au soleil.

——遠い日のRimbaud

雪光の
望月の夕に
あおにびの
白波がよせる
白浜辺を
ひとりゆくミロクを
天空の白鳥星から
テシュラは
むつまじく　永劫に
愛《まも》紡り続けていた——

詩集　白聖愛夢
発行
文化科学高等研究院出版局
発行日
二〇一八年一二月二六日

第弐詩集

白聖愛　時崩哀詩

日常の白い聖愛の時は
黒い絶望時へと消えていく

媛ミロクと士テシュラの寓話

白く重ねる手の星光
まだ見ぬくちづけ
君の白いたたかいと対愛
世界へむかう美媛の白い愛 リフレイン
泣かない　泣き
かろやかな握りあう手と手
朧月夜の涙
かわらぬ規準
飛び散った言葉
とどけられぬ詩手紙
虚空の妄想
失われた聖愛時
泣くほどに失われる
屍の涙
凛として死す
聞こえない美
過剰な欠落
詩よ、嘘を語れ
詩よ、去れ！
残余に、死んでしまいたい
死す——。

白聖愛　時崩哀詩一

白く重ねる手の星光

君の手に　ぼくの手を重ね
手の平の　かすかな隙間に
暖かい気が　ゆったりと眠る
ぼくたちは　やさしく　かたく抱擁しあい
士テシュラは　愛を封じていた
　心の壁の破壊残骸を
きれいに掃き清め
媛ミロクは　怒涛のように流れこんだ
言の葉の真意に
　白いこころを　ぬくもらせ
テシュラは　ミロクの笑顔に
白鳥の聖愛が　とどけた
今、時がミロクの中に　在るたしかさに
なお　強い愛を固め
ミロクは　白い闘いに身を投じながらも
　ふたりは　美味しいお鮨を食べて

　これから　あゆむ　未来の時間を忘れ
都会を走る車の中で　ずっとしっかりと
手の指を握りあっている――
そっと　白いミロクの手の甲に
テシュラはくちづけ
髭のこそばさを　ミロクは感じながら
ふたりの　自然な対愛力は
時代の大きな変動を　のりきりながら
束の間の、あたたかい抱擁に
なんどもなんども
なごんで　いくだろう

テシュラ　ミロクを愛す！
　ミロクの孤独をつつむ……
ミロク　テシュラを愛す！
　テシュラの孤独をつつむ……
愛の黙契は　ふたりの聡明な智にささえられ
駱駝にのったふたりの　砂漠の泉へと
星辰は　ひとすじの真朱《まさほ》の光を
天標している――。

白聖愛　時崩哀詩二

まだ見ぬくちづけ

――ふたりは　まだくちづけない
くちづけるパッションをしまいこむよう
君は　ぼくに諭すも
ふたりのくちづけは
性愛のくちづけとははるかに遠い
　親密さの
〈こころ〉の　くちづけ。
言の葉と声を
　からだに　溶けこませる
幻想と実在を融解させる　信頼の
鳥たちのような　自然のくちづけ。
こころの　こわばりを　もう溶いたのだから
からだのこわばりを　実在から溶こう
純粋なふたりの関係を　壊してしまうような
蛇の誘惑など　ふたりは
はじきとばしてしまうのだから

清冽に　くちびるをかさね
信頼の愛情を　交わしあう
　アフロディテの闡明の寛容を
怒らせてはいけない
　神は　許しているのだから
君の　ほそいくちびるを
ぼくは　閉じる！
智の　くちづけを
こころの　くちづけに　重ねるのだから
何も　揺れ動くものなどない
かたく　ふたりは
超次元で聖愛しあっているのだから
白は穢れない。
燦きの　たしかさに
ふたりが　まどろむ
　一瞬の光年の刻だから――

白聖愛 時崩哀詩三

君の白いたたかいと対愛

君は　世界の小さな悲惨を　ほっておけない。
難民や赤児の　苦痛《pain》を　白い心に痛く感じ
君のできうる　すべてを
大きかろうと小さかろうと
君の白い共同愛でもって
少しでも　和らげられることに
己を信じ放棄していない。
それが疎外必然に
悲寂の孤独感の佇立をまねきこもうとも
そして　つっぱりもせず　目くじらも立てず
不条理への　激しい怒りや扇動よりも
白いやさしい愛をもって
　静かに　悲惨を回避させる
　平穏のたたかいをつづける。
こころの慈悲心鳥の
共感を震わせるアクションは
世界の悲惨から目をそらさない　敵を構えない
「戦い」や「争い」を消す〈たたかい〉の
閑かな白愛なのだが
その　白いたたかいをしながら
それでもミロクは　テシュラとの束の間の
食しあう刻を
たいせつに　過ごすやさしさを　失わない……
　そういう　ミロクだから
ミロクを大好きなテシュラは
もう〈聖諦〉の仙境闕に佇んでいるのだが
ミロクが直面する　怪物の本性を暴きだす
智の劔を　もって
傍らで　戦っている　そして
ミロクの広い世界を
テシュラは十分に知らなくとも
けっして干渉せず
ミロクが　真摯になっている　存在そのものを
黙って　何が起きようとも　受けとめつつむ。
革命や社会主義の虚構を知ってしまったテシュラは
己の若き戦いの敗北を
いやというほど　知ってしまったから

絶望を　拒否し
凍りつく共同へ疎外されてしまうものより
対愛の力を　信じているから
白いミロクを　愛す。
愛を超える愛の世界で
その微少なやさしい愛の力こそが
世界を幾分でも開けると
確信しているから
ミロクを愛す　と告白をし
　そっと抱きしめた――

　ほんとのことを
世界は知ることができなくなっている
自分が自分自身を　そして対象それ自体を
了解できなくなっている
ある絶望的状態にあるのだが
そこへ　世界が貧困であるのに
ここでうまいものを食っていていいのか
などの安っぽいサルトル的実存主義などの
自己慰みで対峙はできない
自分を捨てる投企で権力を倒せの傲慢なマルクス主義などで　世界に対峙はできない　たいせつなことは
ひとりひとりが自身でいられること　自分がよく在る
ことと他者がよく在ることとが〈関係の絶対性〉のな
かで忘却されていないことである。
　対愛を捨てては力にならない

　ミロクとの対愛から
　世界がくっきりと透解してくる　たしかさを
　テシュラは　しかと　抱いている
ミロクは　永遠の美を知っているから
真に美しいものを　感取しているから
悲しさの痛みを　共有できるから
美しい薫りを　作りだし
美しいものを
静かに食べつづけられるよう祈りながら
美しい旋律に　おだやかにまどろみながら
小さな白い美の愛表象を　テーブルに飾り
なにが　たいせつなのか　こころへ映して
生きる美しいものを嗄《か》らすものごとへの
白いたたかいに
涙をはらいながら　閑かに突きすすみ

悲惨の恐怖や嗚咽を　明るい微笑でやわらげ
そして　ほんの少し　テシュラとの抱擁に休和《なご》み
テシュラの語る　言説の力を　領有して
　白い声の心矢を放つ。

ミロクは　愛児を育て　静かな平穏の
暮らしの時間を少しでも必要だから
テシュラは
ミロクのたたかいとやすらぎと平穏の
時が過ごせる場所と時を探す——

テシュラは　世界の愚行を
不可避と知ってしまったため
安楽平穏の擬制にこそ
その根拠があると知ってしまったため
不可能だからゆえ
disabling であることを拒否し
欲望の快楽消費でない
生きる剰余享楽の資本世界を形象しながら
　未明の言説の空間を
　テオリア生産し続けているのだが

世界を〈絶対平和〉にすることを
　ミロクのように思っている。

だからミロクとテシュラの愛は
　ふたりに閉じず
愛のエゴに　誘惑もされず
ミロクの手をにぎり
テシュラの手をにぎり
ふたりの　抱擁は
世界の平穏の　至高の時そのものだから
それが　少しでも　世界にはばたくのを
大事なことだと　黙発している。

おお　世界の悲惨よ　歪みよ
ミロクとテシュラを　みよ
その愛の　清冽な深さに
　おののけ!
赤児の　力強い命の泣き声よ　天空に響け!
少年と少女の　明るい遊び声よ　山野に轟け!
蒼き荒海よ　鎮まれ!
世界の悲惨よ

ミロクとテシュラの至高愛に
　ひざまづけ！

――テシュラは　ミロクの手を
　しっかりとにぎりしめた
――ミロクは　テシュラの手を
　しっかりとにぎりかえした
白い戦いの阱は　そっと砂漠にすいこまれた
戦いをなくす〈たたかい〉は
夕霧に去った。
他者の　安堵の微小な笑みがきらめいた。
赤児は　静かな眠りにつき
獣たちは　小さな花園の愛の音調べに
まったりとした。
　ミロクとテシュラは　赤いサクランボウを
　口にまじわせた
白い Grace Land は
美媛ミロクの
知らしめる時間にかしづいている
　――これを　夢、幻としてはならない
……………

真っ白な富士の霊峰に
あのミロクの眠るテシュラの列車の記憶を映し
真朱の朝日が　精霊たちの舞いを
照らしていた。

朝に　目覚めたミロクは
愛のしなやかな鎧の　白い布を纏い
また　聞こえてくる　鎮まらぬ悲惨の涙の
　生きる声響の
海の彼方へ
白愛の Graceplace を信じて
ゆっくりと向かう――
　白鳥が一羽　それを追っていった
　テシュラの魂を　嘴にくわえて――

白聖愛 時崩哀詩四

世界へむかう美媛の白い愛 リフレイン

美媛ミロクは　世界に散らばる
たくさんの小さな悲惨を　見ると
白いこころの涙で　その悲哀　苦痛《pain》を
痛く感じ
できうる　すべてを
大きかろうと小さかろうと
白い共同愛でもって
少しでも　和らげられることに
己を信じ
力のかぎりを　そこへそそぐ
時にそれが疎外必然に
悲寂の孤独感の佇立をまねきこもうとも
不条理への
激しい怒りや扇動よりも
白いやさしい愛をもって
静かに　悲惨を回避させる
平穏のたたかいをつづける。
こころの慈悲心鳥の
共感を震わせるアクションは
世界の悲惨から目をそらさない
敵を構えない
「戦い」や「争い」を消す〈たたかい〉の
閑かな白愛なのだが
その　白いたたかいをしながら
それでも　ミロクは
おのれが信頼する人との
束の間の食しあう刻を
たいせつに　過ごすやさしさを
たいせつにする……
ミロクの広い世界を　十分に知らなくとも
ミロクが　真摯になっている　存在そのものを
黙って　受けとめつつむ　大事な人が
いつもミロクの傍らにいる
対愛の力を　信じているから
ミロクは　愛す。
愛を超える愛の世界で
その微少なやさしい愛の力こそが

世界を幾分でも開けると
ミロクは　共同愛とは　異なる次元で
そっと対愛の人に抱きしめられる

ミロクは　永遠の美を知っているから
真に美しいものを　感取しているから
悲しさの痛みを　共有できるから
美しい薫りを　作りだし
美しいものを
静かに食べつづけられるよう祈りながら
美しい旋律に　おだやかにまどろみながら
小さな白い美の愛表象を　テーブルに飾り
なにが　たいせつなのか　こころへ映して
生きる美しいものを嗄《か》らすものごとへの
白いたたかいに
涙をはらいながら　閑かに突きすすみ
悲惨の恐怖や嗚咽を　明るい微笑でやわらげ
そして　ほんの少し　対愛の人の抱擁に休和《なご》み
世界の言説の力を　領有して
白い声の心矢を放つ。

ミロクは　愛児を育て
静かなやすらぎと平穏の　暮らしの時間を
少しでも過ごせる場所と時を探す――
世界を〈絶対平和〉にすることを
ミロクのように思っている人と一緒に

ミロクの対愛は　共同愛に閉じていない。
愛のエゴに　誘惑もされない。
手をにぎりあい
やさしく抱擁しあう
世界の平穏の　至高の時そのものが
少しでも　世界にはばたくのを
大事なことだと　黙発している。

おお　世界の悲惨よ　歪みよ
ミロクの愛を　みよ
その愛の　清冽な深さに
　おののけ！
赤児の　力強い命の泣き声よ　天空に響け！
少年と少女の　明るい遊び声よ　山野に轟け！
蒼き荒海よ　鎮まれ！

世界の悲惨よ
ミロクの至高愛に
　ひざまづけ！

――ミロクの手が　しっかりと
対愛の人の手をにぎりしめた
白い戦いの谺は　そっと消えていった。
戦いをなくす〈たたかい〉は　夕霧に去った。
他者の　安堵の微小な笑みがきらめいた。
赤児は　静かな眠りについた。
獣たちは　小さな花園の愛の音調べに
まったりとした。
　赤いサクランボウを　口にまじわせた
白い Grace Land は
美媛ミロクの知らしめる時間にかしづいている
――これを　夢、幻と　してはならない………
真朱の朝日が　精霊たちの舞いを
照らしていた。

　朝に　目覚めたミロクは
愛のしなやかな鎧の　白い布を纏い
また　聞こえてくる　鎮まらぬ悲惨の涙の
　生きる声響の
海の彼方へ
白愛の Graceplace を信じて
ゆっくりと向かう――
　白鳥が一羽　それを追っていった
　ミロクを愛する人の魂を
　嘴にくわえて――

白聖愛 時崩哀詩五

泣かない　泣き

泣くな　ミロク
権力は　何もすることができない
権力の　実体などはないのだから
権力は　たくさんの関係の作用で
個々人の意識や動きを越えて
構造化されて　身動きとれなくなっている
パワーの働きが　日常であるに過ぎないが
その網の目が　すべてでもある

泣けばいい　ミロク
ひとりの命の尊さ
ひとりの悲しみの大きさ
ひとりの　絶望の不可避さ
ひとりの　存在のたいせつさ
そこへ　君は精一杯尽くしたのだから
無意味なる作用など　どこにもない

不可能 imposible だからといって
不能 disabling であることはできないのだから
小さなことを　おそれずたじろがず
一つ一つ　実行していく
そこに　美を作っていく

マネーは　大事な手段だが
マネーは何も　解決できない
解決への　流れを動かすツールだ
最大の力は　魂のこころであり
ひとりの力が　最大である
泣くといい
そして　泣くな　ミロク
果てしない悲惨が
まだまだ　世界に呻いている………
社会が仕掛けてくる巧みな詐取や罠に
迷うな　煩うな
テシュラのように　純なる本質を貫け！

白聖愛 時崩哀詩六

かろやかな握りあう手と手

ミロクは　しょげるテシュラの手を
　しっかりにぎり
夕闇の暗い道を　えらび
愉しく　テシュラを
テシュラの詩集のこころに　こたえるよう
導いていった
人混みがやってきても　ミロクは
その手を離さなかった。
つめたい風に　テシュラは震えながら
ミロクの手を　精一杯にぎりかえし
愛のぬくもりを　送りかえす
「あたたかい!」と
ミロクは　十分に　愛のこころを感じ
明るく　生きる。
傍に　テシュラがいてくれれば
ミロクには　それが十分だった。

テシュラは　もう　詩を書きあげたとき
ミロクとの愛の暮し時を　覚悟していた
　――誰も傷つけることなく。
「愛責」を　テシュラは知っているから
幻想的現実の幻想仕為を
実際に遂行する困難さを
十分に知っているから
ミロクへ　愛を白した。
だが　ミロクは
共同なるものを愛の対象に強く有しているから
テシュラとの　対の時間を選ばない。
テシュラが　ミロクの声を吸いとる
くちづけを受けいれない
テシュラは　この愉しい
手と手とのしっかりした握りあいを
ただ　大切にしていこうと
黙泣していた
触れ合う肩と腕の
たしかなぬくもりを
　大事にしようと――

白聖愛　時崩哀詩七

朧月夜の涙

ぼくは　そう言いながらも
恋慕情の罠に落ちている。
寒月のかすみに
悲しい朧月が　泣いている。
つめたい風が　頬の涙を凍らせる――
恨めしい　己の生物的年齢を
ぐっと噛みしめ
かなわぬ　慕情のいくすえを
棺桶に　いれて
最後に愛する人の　くちづけも
知らずに
その　墓碑銘には
――「テシュラ　ミロクを愛す」
と刻した
ボロボロになった　詩集が
夜風に　詩の紙を　散らしていった。

涙に霞んだ目は
じっと　朧月夜の
白くゆれる光を　見つめ
寂悲の夢を
灰色の雲にゆだねる。
そして　つめたく凍える指を
ミロクへ向けて　さしだし
テシュラは　静かに息をひきとった
――甦れ　テシュラ
おまえは　ミロクを愛しているのだから　と
木霊が　朧月のかすかなあかりに
流されていった――

白聖愛　時崩哀詩八

かわらぬ規準

ぼくの　真こころの詩の言の葉は
あなたの規準を　揺らすことはできなかった
十年の　己に課した禁忌の封印は
愛の行為にとって　意味がなかった
そのまま　素直に　初発から　想いのまま
行為していればよかったことであったのだ
あなたは　それを受けとめていたであろう
ぼくは　怖れをもっていた
恋に溺れ
あなたを　失ってしまうのではないかと――
あるとき　あなたは　もうひとり子がほしいと
駅の雑踏の中で　ぽつりと　声を発した
それは　俺でいいのか　とぼくは言えなかった
ぼくは　あなたとの性愛がほしいのではない
ぼくは　あなたの白い胸に抱かれる
やすらぎの聖愛時がほしい

――それが　あなたの規準を変えられない
根拠だ。
ぼくは　生きても　あと十年もない
あなたに　その時間の精一杯を供しても
それは十分な「愛責」にならない
その口惜しさが
ただ　一瞬の　くちづけの
信頼だけに託される
なせることはなす
ぼくは　悲しみのまま
あなたを愛し　抱擁する
固く　ふたりは　手を握りあうも
あなたには　ぼくよりも大事な
たくさんのことがある

運命を打ちくだく　道はないのか！

白聖愛　時崩哀詩九

飛び散った言葉

ぼくの愛の詩言葉は、あなたにとどかなかった
あなたは　ぼくへのこころを
別のところに　置いていた
奇跡も運命も
なにも開かれなかった
ぼくの　一人芝居は
あっけなく幕をひかれた
どこかで　微妙に
ぼくを拒んでいるあなたは
どこにも　対の幻想も関係も
ぼくに対してもっていない
詩の言葉は　ボロボロに引き裂かれて
冬風の冷たさに
飛び去っていく
ああ
最後の愛は　どこにもなかった

煩わしい　言葉が
あなたに降りかかっただけの
ぼくの　孤独は
身動きがもうとれなくなり
冷たい雪の中で　凍りついた。
だが　別れもない　虚空が
ぼんやりとした
幻月に　残りの残酷な時間を　ぼくに課す
――いい気なものねと
月の中の　うさぎが呟いた
――惚れたが　悪いか！
と　海へ　放り出された　亀が呻く。
悲劇にもならない　冬の旅――
もう　うんざりと　あなたの場所へ
虚しい詩の手紙が　送られ　捨てられる。

白聖愛　時崩哀詩十

とどけられぬ詩手紙

書いた詩を　もう送ることもできない　ぼくは
愛の言葉が　ただの煩雑な戯言に消されてしまう
悲しさに　もう　ただ心を　一人寂しく
読まれぬものを記して
死のときを迎えるだけになってしまった
寒い虚空に　紅い梅の花が咲く
闇夜の　泣き声に
ほう　ほう　と梟が　冬眠を破って泣く
愛の言葉が　あなたの頭痛をうむだけの
あまりに　悲惨なときに
どれくらい　ぼくは
耐えられるだろう。
最後の生を　失って　ぼくは
無機質な仕事の　義務に
ただ　耐えながら
あなたの世界にいない自分を
探すこともできない
失恋でも　別れでもない　過酷な時間に
ひたすら　ぼくの
愛の詩集は埃をかぶり朽ちていく
愛は　ただのエゴの呻きへおいやられ
もう　手を握りあう〈時〉も　失せて　ぼくは
街の喧騒の中に　涙をはき散らしながら
あの　無限の孤独の　厳しさへと
舞い戻った
手書きの　冬の旅のノートは
あなたに　渡されることもなく
どこへいくのだろう
あなたが　愛しないから　ぼくは
ますます　愛してしまう
絶望の時間が　つのっていく日々時々――

白聖愛 時崩哀詩十一

虚空の妄想

夢と希望の　一ミリ先は
絶望であることなど　十分に知っていた　ぼくは
ほんの一抹の　希望にすがって　愛を白した
いまや　愛は虚空の妄想へと　蹴散らされ
遠く　悲鳴く　白鳥の目に　一雫の涙が
青い空に　凍って霰になって
冬の冷たい風に　飛ばされて消える
ただ　はやく死のときがくるのを祈り
生に生きるのではない
死に生きるだけの　ぼくは
愛の思いを
どこにもしまうことができない
愛が妄想であるなど
許すことのできないエチカなのに
なすすべなく
ぼくは　月夜の影に　嗚咽する

だから　愛するなと
言い聞かせたおのれへの掟も破られ
どこかで　ぽつんとぼくを拒む
あなたの声のかなたに
無力の生の
果てるのを　ただ思う
あなたを抱く勇気も　もうなく
ぼくは　無能な老醜に
彷徨う
ただ　あの　あたたかい抱擁は
妄想でないのに
虚空に
たったひとつの
ちいさな星が　泣いている

白聖愛　時崩哀詩十二

失われた聖愛時

あなたとの
あたたかい愛の時間の聖愛時であるはずが
悲寂の　喪失の非愛のときになっている
ぼくの　妄想は
愛の言葉から　血を抜き去って
ただの枯れ葉へと　転がって
溝のなかへと流された
あの　少年時の　絶望感覚が
自死の希望へと　ぼくを導く
生きるあなたに　ぼくはいない
日々　疾走するあなたを遠くながめながら
ぼくは　うらめしく泣いている
対が　非在であることは
あなたには存在していない
この　ぼくの絶望は
絶望さえ存在しない

虚空に宙づられて
あなたに　無縁の　ぼくの涙だけが
降らない雪の中へ消えていく
冷たくなった紅茶が
真っ白に凍ったテーブルに残され
虚しいテクストが
もう　あなたの声にも届かず
字面になって
共同の協働さえもが
意味をなくす
共同界の虚しさを知ったとき
あなたは　われの愛を知るだろう
そのとき　ぼくは　もうこの世にいない

白聖愛 時崩哀詩十三

泣くほどに失われる

泣けば泣くほど
あなたは遠ざかる
わかっているのに
反作用しかしえない
それが恋慕情の罠だ。
だが　ぼくは　もはや
泣き書き続けることでしか
想いを繋げる道を失い
愛の迷路の中を
ぐるぐると廻っている。
もう　ただの独り言へおいやられた愛の想いは
ぼくの死まで　綴られるだろう。
死のあと　誰かがそれを見つけ
あなたに　届くこともなく
吐き捨てられた
詩は
詩の力も喪失した
ただの文字だ。
塵だ。
なんたる　悪戯！
ランボウの　糞だ！
泣きつづけろ
吐きつづけろ
あなたに　なんの繋がりもない
夥しい
無意味な　ぼくの本気の
愛の言の葉よ！
十三階段の死刑よ！

白聖愛 時崩哀詩十四

屍の涙

こんどあなたを抱擁しようとしたとき
あなたは　はっきりと拒むだろう
そのとき　愛は　否と
死を宣告され
ぼくは　もう　生きる意味を
完全に喪失し
死の時を早め
書きかけている著作も　放棄し
ただ屍となってはてる。
屍が　涙を流したままであるのを
誰が知ろう
屍が
白い人を
真に愛したなど
誰が知ろう

ただ
残された残骸の
愛の言葉が
襤褸のように
どこかへ放り出されて
焚き火に燃やされていく
その焼き芋が　しょっぱいのを
不思議に思う童が
竹馬にのって
笑い転げている。
ひとりの翁が
美しい媛を愛した
そんな民話も残されない
屍は　泣いている
つつむ
白い布が
濡れていた ——

白聖愛　時崩哀詩十五

凛として死す

凛として　泣く
凛として　朽ちる
日は昇り
日は沈む
輝く望月は欠け
　黒い月へと隠される
くちづけのない　そこに
愛は出立しようはずもない
愛の想いと言葉は
ただの妄想となって
冬の虚空へと霧散した
愛の詩集は
ゴミへと捨てられる
白い人は　いた
だが　その人は「その」人でしかなかった
ぼくへ　何の対愛もない人だった

めんどくささの一般へ
ぼくは放りだされた
だから
凛として泣く
凛として死す
こんな　腐った世の中
ぼくには　もうなんの関わりもない
ミロクと生きる場所はないのだから
老醜の　涙、
糞にもならない

白い人との愛は
ぼくの人生
最後までなされなかった──
紅い梅の花が咲いたあとに
白い梅の花が咲く
それは　死の白だ………

白聖愛 時崩哀詩十六

聞こえない美

たくさんの　美しき賢き女性たちによって
ぼくは　生かされてきた
そこに　ぼくは　ときに
涙を与えてしまったのかもしれないが
彼女たちは　幸せをつかみ
己が道で　生きている
枯れきった　甘ったれのぼくが
地球の滓《かす》に　放りだされているだけだ
少年時の虚無が
ついに満たされることはなかったが
己を捨てる　哲学において
かろうじて生きてはこれた
その叡智が
最後の愛に　とどくかと思ったが
やはり　心にはとどかない
冷たい　俺の言説を残して

俺は逝く。
愛するほど
愛から疎外される宿命は
言葉から魂を抜かれ
ただ　虚空を彷徨う
塵となる
不様な　悲恋が　墓もなく
ハイエナに食われていく
——糞ランボウが　また　やってきた　Shit!
美しき　賢き乙女たちの
笑い声も
もう聞こえない
ぼくは涙の海に　永眠しているらしい
——ノーノ＊の「愛の歌」が
　遠くで鳴り響いている
　　ぐしゃぐしゃの　悶える響きだ………

＊ Luigi NONO
Libeslied, 1954
CD:Wien Modern Ⅰ - Ⅲ

白聖愛　時崩哀詩十七

過剰な欠落

あなたに　ぼくは　あまりに遠すぎる
あなたに　ぼくは　あまりに対的すぎる
あなたに　ぼくは　あまりに詩的すぎる
あなたに　ぼくは　あまりに形而上的すぎる
あなたに　ぼくは　あまりに勝手すぎる
あなたに　ぼくは　あまりに貧相すぎる
あなたに　ぼくは　あまりに懐疑的すぎる
あなたに　ぼくは　あまりに非男性的すぎる
あなたに　ぼくは　愛の対象にならない
　だから　あなたが　ぼくを
　愛する要素《エレメント》など
　どこにもない
あまりにもの欠落の過剰は
ぼくを　卑屈にする
卑屈は　愛をさらに退行させ
絶望の詩が　希望の詩を

はるかに　上回っていく
あなたに　何者でもない　ぼくは
あなたを前に
ただ黙泣する
言葉が　虚しく
あなたの向こうへと
消されていく
ぼくは　あなたの
時の中にいないから
ぼくへのこころは
あなたの中にないから
「出会ってくださりありがとうございます」
の　やさしい社交辞令の
あなたのあたたかい冷酷なつきはなしを
うらめしく
凍りつかせて　ぼくは
ただ　はやく
死が訪れるのみを願う
ぼくは　ひとり　いつも　ひとり――と
ひとりに甘える

白聖愛　時崩哀詩十八

詩よ、嘘を語れ

詩は正直すぎる
あなたが　ぼくを愛していないことを
あまりに　はっきりと
詩は　ぼくへ諭す。
　あまりに　ひどいじゃないか
　詩よ　嘘をついてくれ
あなたが　ぼくを愛すると
たくさんの　嘘をついてくれ
あなたと生きるのだと
ぼくを　せいいっぱい騙してくれ
あなたのあたたかさが
ぼくを　いつもやさしく包むと
もっと　たくさん　嘘を言ってくれ！
あまりに　正直なのは
あまりに　つらい。
　詩よ　失せろ

　もう　愛の言葉など
あなたのこころの魂へ
つかないのだから
　詩を　捨て
　生を　捨て
　一刻も　はやく
　死すことだ。
少年の　自死願望が戻ってきた
あの　青い絶望の時々が――
青は　実体ではなく
すべてを覆っているのだから
あなたは　これから生きる人
ぼくは　これから死んでいく人

白聖愛 時崩哀詩十九

詩よ、去れ！

詩よ　消えろ！
もう　いい
十分に　知った
十分に　過酷だ
十分に　悲劇だから
もう　十分に　茶番だ
愛の詩は　喜劇にしかならない
あの人は　ぼくを愛していない
わかっているのに　何を詩に託すのだ。
もう　ただの独り言
真のこころは　対者がいない中で
偽言と妄想にしかならない
つらい
かなしい
さびしい
泣くことしかない日々に

生きていて　どうする
もう　考えるな
知ろうとするな
強い愛の思いを
棺桶に　抱えて
天空へ　去れ！
亡骸は
あまりの愛に充ちている
それを　誰が知ろう
愛した人さえ　知らない愛——
どこにも実在できなかった愛も　在るのだ
　詩よ！　去れ！

死す——。

xx一九年一月二六日
愛を知って　わずか一つの月
テシュラは　死んだ
ミロクを　あまりに愛しすぎて
愛が　あまりに純粋すぎて
愛は　ミロクにとどかず
テシュラは　涙の白い海に
　溺死した
アンデスを越えるコンドルの目に
一雫の涙が
太平洋の　白い島に
ぽつんと　落ちた
そこから　白鳥の木が　生まれたという。
テシュラだけでない
詩も　死した
ぼくも　死した——
だが　死してなお　テシュラは
ミロクを永劫に愛し続けている
　　　天空から——

詩集　白聖愛 時崩哀詩

xx一九年一月二六日

第参詩集

白聖愛　覚醒死詩

白と赤の聖愛の時は
愛の不可能の黒界をへて
覚醒の時へと躍し死して逝く

白聖愛　覚醒死詩一

無白のくちづけ

信頼しあってきた　君とわれは
君の　深いゆるしの時に
　君の白い　くちびるに
はじめての　無白のくちづけを
永くかわし
清冽な愛の
たくさんの言の葉をふうじこめた
詩を　溶かし
声をすいとり
黙した　呼吸のプシュケに
しずかな
おだやかな愛をかわす
エロスの精神作用は
かすかな　ふるえる愛液を
かさねるくちびるの間で
コンドルの瞳に　ひとしずく
したたらせ
われは　息が
天空へはなたれる　歓喜に
　君は　しずかに微笑む………
森のなかから
トン　トン　トンカ　トントン　と小さな
太鼓の響が　ついに
かさなった　愛を祝す！
深夜の雨が　あがった
煌々と照らす　望月に
きらめく　二人の愛は
海の汐を　一気にひきよせて
白い愛の島が
浮きあがった――
ｘｘ一九年二月十九日の夕宵――

白聖愛 覚醒死詩二

開かれた愛のくちづけ

アフロディテよ
ようやく　ふたりは　そっと　くちづけた
君は　すこし上をむいたまま
つぶった瞳に
くちびるを　少し開け
われは　その白いくちびるを
そっと　塞ぐ
その　ゆるしあう　ふたりの
つかのまの　永いくちづけは
十年の　ふたりの
信頼の　美しさであり
強い絆のふたりが
ひとつになった
覚醒の刻になって
たくさんの白い言葉と赤い言葉の
Ding《もの》が　紅朱く転じた
燦めく明るい望月の下での
真の愛の　新しい出立だ！

なごむふたりは　からだをしなやかに
抱き合わせて
黙してきた
「愛している」ことばのつぶやきに
君は　固くぼくの腕をひきよせ
君の胸に　しかと抱きしめる
エロスを超えるエロスの透明な美しさを
君は　うれしく思ってくれ
われは　もう一度くちづけたい
愛の意志を
君の手に　くちづける
われたちは　自然になったからだの
愛の動きに　やさしく微笑いあう
しなやかな時を持つようになった——
　と、そう思った
もうわれに　たくさんの言葉はいらない
ただ　あなたのやさしさの
おだやかな暮らしの構築に

愛の泉をきらさない
たくさんの　あなたの思い
たくさんの　われの愛の確信
たくさんの　くちづけと
ぼくたちを　強い抱擁が
飛躍させる　超次元の愛へと
われは　その夢の実現に
君のしあわせを　生きる！
この輝く望月の
君の愛氷を少しでも　明るさのように
くちづけとあたたかい抱擁で
ぬくもらせ
レマン湖の望月へ重ねていくように
——君と生きる
と　愛している！
なんどもなんどもくりかえしながら
君を　愛す
最後の生………

白聖愛　覚醒死詩三

翁恋の哲学交響曲

人生　最後の愛す行為は
エロスにとどかないのではなく
エロスを超える生の
陶酔の　一瞬一瞬に
恋へと　逆に少しづつ　おちていく
つかのまの　歓びと
　とてつもない淋しさの
相克に
ゆっくりと
白い肌の君を　抱く夢に
おちていく　われを許したまえ
いちどの許された　くちづけは
もう　二度とない
その悲しさは
われの息の根をとめるぐらいに
つらいのだが

ただ君と交わす団欒の
つかのまの歓びは
とてつもなく　また　しあわせの刻であり
われは　君と一緒にいられる時間を
　切に願う………
君の頬に　手をあて
その温もりを受けとめている君の
言いえない　淋しさを
われは　ひしひしと感じながら
心をあえて　とざす君の
思いやりに　心で泣く
すこし強引に
君を　抱きよせ
それを　拒みながらも　すこし
ゆるす　君のやさしさに
どこにも書かれていない哲学を探す
そのかわりに
ショスタコーヴィチの交響曲第5番を見つけ
その静かな哀愁の3楽章から
4楽章への　超絶的な飛躍に
君への愛の　ときめきを託す

　おう　君を愛す！
「知っている」とつぶやく　君は
なんどもくりかえす　われの言葉に
「言いたいのね」と
　ただ merci beaucoup とだけ返す
　この翁恋の　切なさを　誰が知ろう
　この翁恋の情熱を　誰がわかろう
われは　命がけで　君を愛している
すべてを　用意して
君を受けとめる手はずはととのえて
待つのではない
ただ　愛して在ることの
信頼の真実に　生きる
明日　死んでしまいたい欲動をかかえたまま
次に　会える　君との刻を
悲しみに溢れて
それだけを待つ
いつか　きっと
向かい合っての
真のくちづけが
交わされる刻を

夢想に溶かして
われは　君の細い指を
しかとにぎりつづけ
それが　翁恋の哲学だ　と
感覚と認識の違いのない
君の　真実を理論化する
君と　一年間　いや三ヶ月
　柔らかく一緒に　暮らしたい………
　その　場所は　もうあるのに………
　君は動かない………

白聖愛 覚醒死詩四

白から赤へ変わる愛のつかのま

君を悲しませてはいけないのに
われの愛は
君を心苦しくさせてしまう
われの　いたらなさ………
遠くを
そっと見つめたままの
君を　横でみながら
君の指をまさぐる　われは
ひそませていた
愛欲のうごめきに
じっと　耐えて
君を　指先から感じて
帰路の時間を
終わらないよう　祈りながら
君の家まで　送り
手をふる　君の微笑顔に

とんでかえり
抱きしめたい
欲望を　押し込んで
悲しく　去る
もう　白い愛は
赤く変わってしまっているのだが
われは
なすすべなく
君が
君自身への抑制を
捨てさる刻を　想う
エロスは無い
と断言したわれは
もういない
だから　白い君を
エロスいっぱいに
赤く抱きたい

白聖愛 覚醒死詩五

八年目の3・11の愛

廃墟に　佇んだ3・11の
絶望の　黒い崩壊を
八年前に
ただながめるだけの　自分の
ぽっかりと空いた　無力に
いくつかの　なせる仕事を
声つまる　涙の中で
毎年　経ていた　自分に
今年は
一つの愛の芽が
深く　根づいた
　君への　生の想いと
　南半球からの　君の Hug
この　新たな確信に
存立する　わが述語制への構築は
君の愛に　支えられる

君との　わずかな時間の
対話とHugと
そして　しかし
二つ目の静かなくちづけ――のときは　無い
列島の悲劇へ
破壊的装置を　許さない
われの理論は
君への愛によって
つちかわれることを
アンデスのコンドルの目の涙だけが　知る
君を愛することを至上とする
生きる　残りの最後の日々
潤む涙のなかで
君を　さらに
つよく強く抱く
xx一九年の3・11――

白聖愛 覚醒死詩六

Lineに戯れる愛の薄氷

LINEという手法を　君はぼくに教え
君との言葉と図像のやりとりの
その小世界の　交通は
ぼくの　悲しみを少しやわらげる
だが　それは　遊びであって
LINEがかもしだす　虚構に
真の愛は　無い
だが　そこには嘘も無い
奇妙な交通の時間に
ぼくは　本気で　戯れる
その「おやすみ」の言葉の　やさしさと
真の「おやすみ」の時間の不在　そして
ときに「おはよう」の不在の君……。
この愉しさと虚しさに
ぼくは　戯れすぎて
控えるよう　叱責され

己の情愛のいき先を閉じられるも
小さな想いのやりとりは
不在の情愛を
どこかで慰める
ああ　すべて不在の
君のいない場所の
わずかな　言葉のやさしさと
小さな　はっきりとした拒絶に
ぼくは　泣き　笑う
Line は　愛の覚醒にならない
不在という欠落の慰み………
だから
懸命に
「おやすみ」を繰り返し
「おはよう」を繰り返す
「愛している」というと
冷たい拒否の無言が　返される――

白聖愛 覚醒死詩七

孤りの鍵

あなたと暮らすための　鍵は
ぼくのいない　時間を
あなたが　あなたであるための
ぼくを　閉ざす鍵となって
ふたりの暮らす時間を
完全に消し去る
ぼくは　いつでも
あなたがぼくを愛する夢に
希望を託し
あなたと暮らすための
すべての条件を整え
あなたが　出立していけるよう
準備したものなのだが
あなたは　距離をとるよう
ぼくへ　呼びかけながら
ぼくの　愛する甘えを

仕方なく受け止め
そのやさしさで
ぼくを悲しませる
あなたをHugすることさえ
あなたは　拒み
ぼくは　ただ愛する真制の想いで
あなたを　後ろから抱きしめ
ただ　じっと
それを耐えるあなたは
ぼくから自由になって
あなたの生を　生きるようでいながら
死んでしまいたいと
ぼくではない　他の出来事の虚しさに
悲しんでいる
あなたをもっとも愛するのが
ぼくであることの
あなたの悲劇に
ぼくの絶望は
ただ　いま　あなたをHugする瞬間にしか
あなたを　感じられない
その　抱きしめる絶望

愛する絶望を　傍に抱いて
ただ愛し続ける
部屋のなかに
ぽつんと
一つの鍵が　泣いている
あなたの　首筋へくちづけ
あなたの　手にくちづける
あなたの　唇への
あなたの拒否は
もう　二度とないくちづけの
愛の悲劇と絶望の交叉だ――

白聖愛　覚醒死詩八

ふれあう愛気の流れ

あなたが仕事する後ろに
そっと立って
こわばる肩を　揉みほぐし
硬くなった腕に
気が流れるようさすり
愛の気をいっぱい流すと
あなたは
真にここちよさそうに目を閉じて
われのなすがままに
身をゆだね
まどろむ
つかの間の睡りにはいり
われの愛気を
肌いっぱいに受けいれ
われは　あなたの髪にくちづけ
　あなたの首筋にくちづけ
　あなたの頬にくちづけ
そして
　あなたの唇に　二度目のくちづけをする
初めての　マッサージは
愛のふれあい
心の体への浸透
あうたびの　固い抱擁の温もりに
われは、己の生の時間のすべてをゆだね
そのやさしい抱擁のつかのまに
いままでにない
永遠を感じ
愛する意志を　強く
天空へはなつ
愛の気は　空へと散り
星の一点へ　吸い込まれ
月は　きゅっときしんで
小さな歓びの涙を
暗雲にしたたらす
その流れ星は
われたちの合わさる唇へ溶けこんだ――

白聖愛　覚醒死詩九

ジュネーブの雨

たどりついたジュネーブの湖に
あなたは　幼な子と列車に乗って
湖畔で待つわれへ　静かに駆け寄り
初めて　ともに　食し眠る
別々の部屋でも
やさしい
あたたかな時をすごし
おやすみの
抱擁に
静かに睡る――
しとしとと降る
ジュネーブの雨は
われの寂しさを
つめたく凍らせる
そこに　睡るあなたに
くちづけも許されず

この悲しさは
あなたが　他の男に抱かれる
その歓びに
永遠に　巡りあえない絶望的な寂渺だ。
あなたの　新たな出立に
すべてを整え
われは去る支度をする
ジュネーブの会議――
はじまりが終わりの刻々に
じっと　われは黙して
花時計に
涙の記憶を刻む
残りのパリとプラハの時間に
最後の生を託すべく――

白聖愛 覚醒死詩十

熱いパリのつかのまのしあわせ

真っ赤な服を着て
君は　パリジェンヌより美しく
パリのポンヌッフをゆっくり歩き
ルーブル公園の木の日影の間を
ときに　ぼくと手をつなぎ
駆け抜ける君の愛子の微笑に
仮象の　真の家族の時を過ごす
セーヌ側に反射する光は
つかのまのしあわせを
虚構の極致に映し
エッフェル塔の
雑踏の中から
遅れたぼくを　叱声し
微睡む川面の
悲しい真の歓びを
ぼくに　残した。

疲れたあなたを
ベッドに横たえ
ぼくは　やさしくあなたを
そっとマッサージしながら
あなたの脚いっぱいをさすり
あなたの柔らかなお尻をほぐし
あなたの首筋に　くちづける
ここちよく　あなたはすべて
気をゆるす　愛の肌のすべり
なのに　あなたは　それ以上をゆるさず
ぼくは　ひたすらあなたへ
愛の気をしみこませ
最後のしあわせの
時のすぎゆくままに
かじりつきたい desire を
ぐっと　こらえて
あなたの脚の親指にそっとくちづけた
初めての
愛の抱擁は
愛気の流れがただ

ぼくの手のひらから浸される
それでしかないが
ぼくには　最後の
愛しい
悲しい
心肌のふれあいであった

白聖愛 覚醒死詩十一

プラハの虚空の夢

　プラハに君を連れてきたかった
われの　一番好きな街だから
あなたと一緒に
暮らしたかった街
モーツァルトのプラハ交響曲を
街の教会で　聴いた時
必ず　ここに
一番愛する人を連れてくると
われは　プラハの春の闘いを思いながら
カレル橋の　キリストに祈った

　プラハに行こう!
われの誘いに
素直に君は同意してくれて
われたちは
カレル橋を真正面に眺められる

素敵な宿に身をよせ
チェコビールを飲みながら
カレル橋と尖塔の灯りに
いままでにない
やすらぎの時をへて
小さく抱擁しあう
平凡な暮らしの時を夢み
仕掛け時計の賑わいに
明日は　帰国の
悲しい別れが
われを待っている
プラハの動物園の
象も　麒麟も　ゴリラさえも
われの寂しさを知りはしない
虚空の夢でありながら
しかし　われとあなたは
プラハの石畳を
しっかり歩いている
この〈最後の時〉の逆説は
仕掛け時計のむこうへ　われの死をまねく
希望がみたされたときの

絶望の瞬間だ——

星が！
と　君は
シャワー室の小さな窓から
星光が射す
それを
見つめるわれは
君に　くちづけようと
君から拒まれ
たどりつかなかった
愛の六ヶ月の絶望を
ヴァルタヴァ川に移し
二度と訪れまい
プラハに別れを告げた

愉しい　小さなたくさんの想い出は
もう
生きていくことのないわれの
瞼からの涙とともに
モルダウに消えていく

白聖愛　覚醒死詩十二

失われた聖愛時　II

たくさん何度も握り合った手と指
ときに強く握り返す君
でも許されない口づけ
莨にまみれた
苦い穢れた自分は
やさしく拒まれ
悲しくて
死んでしまいたくなるから
まさぐるように
君の腕に指をすり寄せる
君を抱き
君の素肌に抱かれたい
欲望をこえた聖愛の交わりはあるのに
その聖愛時はやってこない

白聖愛　覚醒死詩十三

泣くほどに失われる　II

すぐ泣く
すぐ死にたいというわれは
すぐ絶望するから
すぐ指を絡ませる
生きよと君は
すぐひとりに閉じこもるわれに
でもとびこもうとしない

近づくほどに遠ざかる君
泣くほどに失われていく君の想い
われを好きなのに
われに飛びこんでこない君を
われはいっぱい愛す

白聖愛 覚醒死詩十四

屍の涙 II

死体となったぼくは泣いている
死体を見るあなたは泣いている
ほんとは愛し合っているぼくと君は
君のまっすぐな倫理のために
最後まで
自分の愛を語らなかったから
君は泣いている
ぼくは君の死をみることができない
だから泣いている
自分の死体を
誰も見れないようにするにはどうしたらいいか
いつも思案するわれになった

白聖愛 覚醒死詩十五

夢想の陶酔

正直もなにも
あなたを抱きたい
あなたに抱かれたい
十年の四季をも
想いを抑えこみ
自分を欺き
物分かりしていそうな苦しさに
もう自分をごまかせない
なのに　あなたが受け入れてくれるまで
じっと待ち続ける他ないわれは
真っ青な暗闇に
叫ぶ
白い胸のなかの
一瞬の　陶酔を………
それは性愛を超えた聖愛なのに――

白聖愛 覚醒死詩十六

他者へ消える

死をいだくと
欲望グラフはかたく構造化していく
想像エゴは
あふれる妄想幻に襲われ
不可能は
対象aをさらに狭めていく
代表象はいっさい無効となり
desireは　一挙に
共資本へ絡めとられ
愛する人の
バレされた大文字他者の中に
自分はもみ消され
男一般の去勢へと要求放出される
つまり
最愛の人に
最初からぼくはいない

白聖愛 覚醒死詩十七

最愛ゆえの悲劇

最愛の人のなかにわれもいないのだから
最愛の人を抱くこともできないのだから
生きているわれになんの意味があろうか
われはただ　対者の暗い重荷となり
存在を消すことさえ悲しみを与えてしまう
関係の絶対性の虜にされて
いてもいなくとも　われは邪魔者
愛する罪の贖罪はどこにもない
哀しみのまま生きる非愛は愛ではないと
古代の媛は語りかけたのに
ただ白い肌に
抱きかかえてくれればいいだけの
小さなことの
なされぬ不可能とは
いったいなんなのか………
ぼくもわれも　士もわからない………

白聖愛 覚醒死詩十八

詩は死して！

ジュネーブの雨
プラハの星も虚しく
パリの灯も静かに消え
われなきわれは
詩を捨て
言葉をすて
生の余剰にうんざりしながら
とぼとぼと
誰もいない
靄の中を
死へと歩んでいる
虚を閉ざす
くちづけのないままに

白聖愛 覚醒死詩十九

死すも、愛す

なにを　まだ　待ち望んでいるのか
希望はないのに――
あの人は　やさしく手を
握り返してくれる
それは　ぼくの愛への
悲しい返礼だ
ぼくを　真に愛しているから
　愛しているのではないと
ひたすら　やさしいのだ
ただ　あまりに　惨めなぼくを
ほっておけないから
あの人の　しあわせにも喜びにも
要されていないから
あの人の　望みや生が
ぼくと別のところに
いっぱいあって

ぼくは　あの人の時間の中の
たったマイナス時間でしかない
何日ものあまりに長いあなたの不在

詩の想いは、遠くへ散って
悲壮な　中途半端な雪が
白い梅に　溶けていく
なんと　悲しい
淋しい時間よ
……白聖愛覚醒死詩——
ぼくは　かろうじて生きている
三つのくちづけの記憶と夢想に
そっと　一つの抱擁に
あの人の　小さな髪を
そっと抱く
その一つの　許された一瞬
そのみちたりの
大きさゆえのあまりの寂しさ
あの人も
きっと淋しいのに
われに甘えない

はやく　息たえ死す
苦しみの日々の永劫の愛
——死しても　愛す
空虚こそが
愛に満たされている
それは死のむこうにしかない

あなたはまっすぐに
倫理をあやまたず
最愛された不条理の
最愛の想いを やさしくうけとめ
愛された悲しみを鎮め
静かに
生き物をはぐくんで
純に　潔白にきりりと
生きていく

死す——。

白い墓標に
赤蜻蛉が舞う
美しいやさしい媛を
真に愛した
悲しい士の
細い冷たい指が
媛のあたたかい指を探してる
虚空に——
さみしい夕焼けが
白く哭いている——

詩集　白聖愛 覚醒死詩
XX一九年七月一〇日

現実か虚構か、そこに区別はなんらの意味もない。

述語制と主語制の相争で愛なるものの物語が表出疎外される。

生と死は自分には非分離だ。

言葉での死など、夢想でなんども思っているが、
本気で死んでみようと初めて考えたとき、何もかもが消えた。

指が収縮して細くなった。

生の余剰がどれほどのものであるか、顔も手も浮腫んでいる。

〈くちづけ〉に想幻表象としてこだわっているのも、実際に非分離が述語的に作動するのは、それより微妙なものはないゆえだし、身体への鏡像疎外を剥ぎとる生愛の非分離行為／シニフィアンであるからだ。赤児であれ、老人であれ、愛犬であれ、美しい花であれ…親密性の心的関係構成の象徴作用になるのを意味する。欲望／快楽ではない。

享楽は、欲望を超えて、死への路を開いてくれる。

生きようと思わなくなったので、この歌集を残しておこうと思った。

最愛がどんなものであるのか、ようやくわかったとき、その愛の生活はどこにもつくられない現実界の不可能に、永遠の愛として裂かれていく
………可能な愛は壊れるが、不可能の愛は死の彼岸の永遠へ―― 逝く。


【目次】

阿久津てつし

歌人・詩人。

葛飾北斎

知の新書 J11

阿久津てつし

歌集 **永遠に愛す　―白聖愛夢―**

発行日　2024年11月22日　初版一刷発行
発行所　㈱文化科学高等研究院出版局
東京都港区高輪 4-10-31　品川 PR-530 号
郵便番号　108-0074
TEL 03-3580-7784　　FAX 03-5730-6084
ホームページ　ehescjapan.com

印刷・製本　　中央精版印刷

ISBN　978-4-910131-85-0
C0092